COLLECTION FOLIO

Alix de Saint-André

Ma Nanie,

Gallimard

Aux enfants qui te souhaitaient la fête des mères : Yvonne, Christiane, Suzanne et Jacqueline, tes nièces ; Yves, ton filleul ; et Laurence, ta fille cadette, ma petite sœur.

Courage, mes filles ! Ne vous affligez pas quand l'obéissance vous obligera à travailler aux choses extérieures, serait-ce à la cuisine ; sachez que Notre Seigneur est là, au milieu des marmites, et qu'il nous aide, ici comme ailleurs.

SAINTE THÉRÈSE D'AVILA
Livre des fondations

Paris, le...

Nous sommes le 30 janvier 2002 et il ferait presque un temps de printemps. Je suis allée déjeuner dans un petit restaurant japonais avec mon amie Hélène, que tu ne connais pas, mais dont j'ai dû te parler car nous avons fait beaucoup de reportages ensemble. Elle rentrait d'une île du Japon peuplée de joyeux centenaires et repartait pour Taïwan photographier une nonne bouddhiste qui joue les Mère Teresa. Les bonnes sœurs bouddhistes n'ont pas de voile, mais le crâne rasé, tu imagines ? Tu t'en tartines, tu veux savoir ce que j'ai mangé. Je te préviens, ça ne va pas t'enchanter : du poisson cru avec du riz, de la moutarde verte qui ressemble à de la pâte à modeler et un rien de sauce au soja marronnasse. Je t'imagine : « Et ils vous servent ça dans les restaurants à Paris ? » Mais si, et l'on trouve ça bon, en plus... Ne fais pas cette grimace, si le vent tourne, tu vas la garder pour toujours, tu sais bien.

Un peintre vient de passer sous mon nez, derrière mes rideaux à petits pois. Il a un bonnet enfoncé sur les oreilles et de grands yeux sombres. Très pâle. Comme on est en train de ravaler l'immeuble, un petit trottoir de bois court devant chaque étage, et avec ces échafaudages pleins d'échelles et de cordes, on se croirait sur un bateau de pirates. J'ai essayé d'y intéresser Jaja ; depuis qu'elle a vécu en Bretagne et qu'elle a attrapé sa première musaraigne (à dix ans, il était temps !), j'ai tendance à la prendre pour un chat normal. J'espère toujours que son origine de gouttière va se manifester et qu'elle va se balader sur les toits de Paris comme Stendhal dans Rome. Erreur. Jaja reste le Rantanplan des chats. Elle a peur des rouges-gorges, alors les pigeons, je te laisse penser… Sa mère l'a abandonnée sur un tas de bois, et je me répète que je ne devrais pas projeter tous mes rêves de « mère-à-chat » sur elle, sous peine de la traumatiser davantage. Les enfants de Laurence te diraient que c'est impossible, remarque. Mes chers neveux ont eu quantité de matous plus matous les uns que les autres, affectueux et bagarreurs, et qui finissent mal, empoisonnés par des rats trop vite croqués, ou écrasés par des voitures. La prudente existence de Jaja lui assure une longévité qu'ils trouvent injuste. L'extrême longévité les agace, en général. T'avais-je dit qu'ils avaient improvisé un défilé en fanfare dans la grande allée pour célébrer la mort de Jeanne Calment ? Sûrement pas. Tu l'aurais mal pris.

Je suis allée gratter Jaja sous le menton pour

me faire pardonner les horreurs que j'écris sur elle. La plupart des chats sont subtils, elle est très originale. Même physiquement. Jaja Chrysanthème. N'insistons pas, tu connais le phénomène. Le peintre repasse ; il a vraiment mauvaise mine, mon marin. Nous nous sommes retrouvés nez à nez ce matin devant l'évier, lui d'un côté du carreau, moi de l'autre, embrouillée avec mon café en poudre. J'ai cru un moment qu'il allait passer la tête par la fenêtre, comme le cheval Radis Rose dans ta cuisine autrefois, tu te rappelles ? Tu le chassais à coups de tapette à mouches sur les naseaux.

Pauvre Radis ! Il aimait les pommes et détestait la solitude, habitué depuis sa jeunesse à la camaraderie des écuries militaires, ces grands dortoirs pleins d'hommes, d'hirondelles et de moineaux. Quand il est arrivé à la maison, j'ai passé deux nuits dans un sac de couchage sur la paille, à lui parler. Ou plutôt à parler avec lui, car il hennissait toutes sortes de grognements très inquiets. Le troisième soir, il s'est enfin couché, et je suis retournée dans mon lit. La plupart des chevaux dorment debout, mais lui, qui connaissait tant de figures si compliquées et dont les médailles couvraient tout un pan du garage, ne savait pas. C'était un grand pur-sang très savant, très glorieux, très paresseux, et très vieux. On avait fini par le laisser en liberté faire ses petites promenades de retraité dans le jardin. Le jour de notre départ pour Paris, il a fait une crise cardiaque en montant dans le van. À l'arrivée chez le vétérinaire, il était mort. J'ai eu très longtemps sa photo dans mon portefeuille. C'était mon premier ami mort.

Ta photo n'est pas dans mon portefeuille. Si j'avais continué à le remplir de morts, je n'aurais plus la place d'y mettre un billet. Et qui regarde les photos ? Même pas les photographes. On les sort en cas de danger pour les montrer à des gens qui s'en moquent. En plus, elle n'était même pas ressemblante, celle de Radis : je l'avais prise de face pour capter son regard, mais les chevaux ont les yeux trop écartés sur le côté pour que ce soit possible. On ne peut pas regarder un cheval dans les yeux, on ne voit qu'un œil à la fois, ou alors deux demi z'yeux. Hélène prétend que seuls les rhinocéros sont dans ce cas. Ma photo devait être ratée, j'étais trop près. Parce que je me rappelle très bien le regard de Radis.

Quand je pense à toi, je vois des nuages troués de ciel bleu. Un chromo. Tu ne connaissais sans doute pas ce mot-là, chromo, pourtant je suis sûre que cela t'aurait plu. Les pauvres et les enfants aiment les chromos, les couleurs vives et les bibelots dorés des boutiques de souvenirs. Les couchers de soleil, aussi, ces soirs d'ivresse où il balance son pyjama de nuages, et se vautre sur l'horizon, tout rouge et tout nu, avant de rouler sous la terre avec une indécence magistrale. Quand le bon Dieu donne dans la carte postale et qu'on aime soudain la vie à en brailler comme des sauvages. Tu as laissé en moi un verglas de larmes scintillant qui aime les chromos et les bibelots. « Verglas de larmes scintillant », c'est du chromo aussi, ça brille, c'est un peu trop, ça frise le mauvais goût... Et « Nous avons horrâr de la vulgarit'hê », n'est-ce pas, tu te rappelles ? Mais tu ne connaissais pas non plus cette plante grasse des villes. Les paysans vulgaires, ça n'existe guère.

Par ta faute, j'ai entassé des souvenirs de partout ; les élégantes personnes parisiennes de ma connaissance ont baptisé cet amas d'objets rigolos mon musée des horreurs : kitsch et deuxième degré, sourient-elles, affligées. Je t'en ficherais ! Elles ont beau avoir des tableaux plus chers que des bagnoles, elles ne posséderont jamais le plus bel objet du monde. Il était à toi. Une boîte à musique. Bien rangée dans l'armoire de ta chambre, en haut, hors de portée, comme dans un coffre-fort. Ses présentations étaient aussi rares que les ostensions du saint suaire de Turin, et aussi solennelles. Le dernier rite consistait à remonter la clef avant de soulever le couvercle : alors apparaissait une danseuse en cire dans un tutu rose tournant sur un pied devant un miroir à trois faces qui l'entourait de tout un corps de ballet. Magique ! Versailles et la galerie des Glaces ! C'était ton trésor, à toi qui n'avais jamais dansé. Je n'ai jamais retrouvé la danseuse, mais j'ai adopté le reste de sa famille.

Des nuages troués de ciel bleu... Ils ne

bougent pas, ce sont de faux nuages, des nuages en images. Un nuage figé est un nuage mort. Peut-être parce que c'est nous qui bougeons, nous sommes dans le train, nous allons à Paris. Quelqu'un est mort, quelqu'un de vieux. Pas toi, pas encore, mais je regarde tes cheveux gris avec angoisse. La mort prend les gens par les cheveux, elle les blanchit et les arrache. À la fin, quand ils sont tout blancs, ou qu'il n'y en a plus, on meurt. Mon grand-père n'avait plus du tout de cheveux. Il est mort. Je t'interroge : que faut-il faire quand quelqu'un est mort ? Que se passe-t-il ? Est-ce que les enfants ont le droit de pleurer ? Est-ce qu'ils *doivent* pleurer ? Parce que d'habitude, c'est interdit : « Garde tes larmes pour plus tard », me répète maman au moindre bobo. Est-ce que quand quelqu'un meurt, on est rendus « plus tard » ?

Question larmes, tu es une référence, la championne du monde, une vraie Madeleine ; tu peux te transformer en fontaine, quelquefois, réfugiée dans ta chambre, la porte barrée. Et personne ne t'attrape : au contraire, on défile pour te supplier de redescendre, on te présente d'innombrables excuses, on te promet la lune et les étoiles, et quand tu finis par ouvrir, on nous dit d'aller t'embrasser, parce que tu es très sensible. Tu es « plus tard » depuis toujours.

Ce soir-là, grand-père est dans un cercueil, en bas, à Valenton, et nous, deux étages au-dessus, tout en haut de la maison. Soudain tes cris dans le

18

sombre entonnoir de l'escalier : « Catastrophe ! »
On se précipite. Catastrophe. Tu as oublié ma
jupe bleu marine. Catastrophe. Et tu pleures…

Le lendemain, à notre premier enterrement,
Laurence et moi avons guetté le degré d'humidité dans les yeux des grandes personnes avec
nos yeux secs d'enfants bien élevées. Nous avons
même vu des hommes qui portaient des drapeaux
pleurer, surprenant spectacle. « Bizarre autant
qu'étrange »… (D'où sort cette expression ? On
la répète très vite, ça gargarise.) Ensuite on a mis
la photo agrandie de grand-père dans un cadre
en cuir de plastique vert sur la commode de ma
chambre. Sa moustache blanche lui donne l'air
sévère. Je n'ai jamais versé une larme sur cet
homme bon et généreux, qui mangeait de la
soupe à la tortue et bourrait nos poches de pièces
de cinq francs en argent. La première fois où j'ai
pleuré sans question en public, c'était à ton
enterrement, figure-toi, bien plus tard.

Toujours ces nuages sur le ciel bleu. Pourquoi ? Parce que je t'imagine au ciel ? Nous
savons bien que ce n'est pas comme ça, le ciel, les
curés nous l'ont assez dit : « Dieu n'est pas dans
les nuages » (puisqu'il est partout, cela doit bien
être le seul endroit où il n'est pas !). Nous sommes
catholiques. Nous aimons la Sainte Vierge. Le
dimanche, nous chantons : « Au ciel, au ciel, au
ciel, j'irai la voir un jour… » Ça monte drôlement. Tu as la voix haute. Je ne peux pas t'entendre de notre banc devant, tu es plus loin

derrière avec des personnes de ta famille. Tu ne veux pas venir avec nous. Ce n'est pas ta place. Pourtant nous aussi nous sommes ta famille ; nous te souhaitons toujours la fête des mères. Un autre jour d'enterrement (encore un !), tu seras enfin devant, dans ta chaise roulante, avec les enfants. Plus tard, déjà.

Tu m'as souvent raconté que, petite, tu avais de grandes inquiétudes sur ton état au ciel. Pas ton état de sainteté, ton état de santé. Tu imitais ta voix d'enfant, suppliante, demandant à la sœur de la clinique : « Dites, est-ce que je la retrouverai, ma jambe, au ciel ? » Tu n'avais pas six ans, et l'on venait de t'amputer de la jambe droite.

Tu es souvent allée à Lourdes, mais sans miracle… Tu n'avais pas l'air déçu, mais nous si. Tu nous consolais : si tu avais été guérie, tu aurais été obligée de nous quitter pour devenir bonne sœur, quelle horreur !

Et puis on l'aimait beaucoup ta jambe. Ce n'était pas une jambe de bois, tu n'étais pas un pirate, c'était une jambe mécanique du XXe siècle. Son vrai nom, jambe artificielle, sonnait comme une fusée du 14 Juillet. Un bouton sur le côté, au niveau du genou, la faisait se plier sous l'effet d'un ressort quand tu voulais t'asseoir. La plupart du temps, tu ne le faisais pas. Tu t'asseyais en la laissant allongée, talon au sol, pied en l'air, prête à repartir. Combien de gosses as-tu laissés jouer avec ta jambe ? Quantité de neveux et de filleuls. Et nous aussi, tes filles. C'était une grande attraction qui

20

reprenait de son intérêt dès que nous avions des invités. Ils n'avaient jamais vu ça. Elle était couverte de deux épaisses paires de bas, et se terminait par une chaussure impeccable, inusable, contrairement à l'autre. Celle qui terminait « ma pauvre patte ». Tu avais « ma jambe » (la fausse) et « ma pauvre patte » (la vraie), ce qui faisait de toi l'être humain le plus original qu'on ait jamais connu. Ta jambe était une de nos grandes fiertés.

Les grandes personnes te plaignaient, mais nous jamais. Ta jambe te transformait en une sorte de Robocop en jupons, avec ton côté justicier qu'on entendait venir de loin et qui ne risquait pas de nous prendre sur le fait. Elle a sonné le réveil de tous nos matins d'école. Et qui d'autre au monde avait une jambe de rechange ? Indispensable au cas où le mécanisme se bloquerait, elle était de tous nos grands départs. Comme elle ne tenait pas dans le coffre de la voiture, on la fixait sur le toit, entre les valises, emballée de papier kraft, le pied en avant, fendant l'air vers le soleil. Ta jambe était la figure de proue de nos vacances.

Sur le ciel bleu et nuageux, je te vois maintenant, en noir et blanc, sorte d'image de synthèse faite à l'ordinateur pour un magazine. Un sourire et un chignon. Tu étais jolie. Je m'en suis rendu compte parce qu'on me l'a dit. Coquette, je le savais : boucles d'oreilles, broche, poudre et rouge à lèvres le dimanche, eau de toilette aussi. Tu te commandais des robes à La Redoute. Des robes colorées, plissées et infroissables. Avec des ceintures assorties. Toujours pimpante. Et gaie. Le rire aussi facile que les larmes avec un sens très rare de la plaisanterie. Tu aimais qu'on te taquine — gentiment, sinon larmes —, mais tu asticotais aussi les autres. C'était ta manière de les inviter à danser. Tu avais le goût de la conversation, le joli parler des bords de Loire, fluide, libre du moindre accent, et pas les yeux dans ta poche. Tu jugeais un type en un clin d'œil et tu n'en démordais pas. Rien à faire. Tu te souviens d'Alistair ? C'était le fiancé anglais d'une amie à moi que tu aimais beaucoup ; je trouvais ça très chic, un Anglais, et je les avais invités en week-end. Un déjeuner a suffi, même pas. « Ce n'est pas un monsieur », m'as-tu dit. Pourquoi ? Comment ? Je l'ignore, mais le verdict était sans appel. Et très désobligeant dans ta bouche. Alistair, en effet, n'était pas un gentleman. Tu te trompais rarement.

Arrête de te marrer et dis-moi donc, du haut de ton ciel nuageux, pourquoi je t'écris. Pour te parler de ce que tu aimes, du bon temps, de petits plats, de peintres en bâtiment, d'enfants et d'animaux ? C'est idiot. La poste ne fonctionne pas trop dans ton secteur, pas de cette façon-là en tout cas. Et ce que j'ai à te dire, tu le sais déjà — ou tu ne le sais pas et tu t'en moques bien. Tu ne me liras jamais, pas plus que d'habitude, note bien… Je dois avoir besoin que tu me surveilles encore un peu du coin de l'œil.

Écrire ? La belle affaire ! Dans ta génération, tout le monde écrivait. Rien de plus naturel. Le jour où je t'avais annoncé que j'allais commencer un livre, mon premier livre, tu m'avais encouragée aussi sec : « Mais, ma pauvre fille, vous ne le finirez jamais, vous ne finissez jamais rien ! » Quelques années plus tard, je te l'avais apporté, toute fiérote ; j'avais particulièrement soigné la fin, pour te démentir, et au début, il y avait ton nom imprimé. Entre les deux, des bonnes sœurs s'assassinaient gaiement. Je t'ai prévenue, et tu as cligné de l'œil, un doigt sur la bouche : « Voulez-vous bien vous taire, coquine ! » Ta maison de retraite était bourrée de religieuses... On a rigolé. Tu as beaucoup prêté ce livre, mais l'as-tu lu ? Nous n'en avons jamais vraiment reparlé.

Tu n'aimais que les romans roses, « mes petits romans d'amour », et je t'avais dédié un polar en Série noire ! Tu ne l'avais pas volé... Avant, comme tu t'ennuyais, et que tu prétendais que je ne finirais jamais mon bouquin, je t'avais mise au défi de rédiger tes mémoires. Tu as rechigné, mais tout le monde s'y est mis, neveux et filleuls, je t'ai acheté un grand cahier d'écolier à grands carreaux couvert de fleurs, et en avant !

Quelques mois plus tard, à peine, tu m'as dit, victorieuse : « Ça y est, j'ai fini ! » Le cahier était fini, ta vie était finie. Tu n'en démordais pas et tu avais la tête dure, *Pen kaled*, comme disent les Bretons, qui s'y connaissent. Si tu pensais avoir oublié quelque chose, tu l'ajouterais sur les pages de gauche, et voilà tout.

Alors, j'ai eu une autre idée, et on s'est ligués à nouveau pour que tu tiennes ton journal. Tu as obéi. Noté tous tes menus et toutes tes visites. Aussi longtemps que tu as pu. Tous les jours ou presque. C'était devenu ton ouvrage, comme le tricot ou le canevas pour tes voisines. Par ma faute, tu étais devenue le scribe de la maison de retraite.

Total : trois grands cahiers à fleurs, trois grands cahiers bleus, un grand rouge et trois petits bleus, presque quatre-vingt-douze ans au stylo bille. Tu penses bien que j'ai tout récupéré. Ou tu ne le penses pas, car je ne sais pas si tu y attachais une si grande importance. Je t'entends : « La vie d'un pauvre mannequin comme moi, ce n'est guère bien intéressant. »

Tu vas voir, ma vieille !

Je, tu, il (elle), nous, vous, ils (elles)

Même quand le monde s'était réduit à un lit près d'une fenêtre et que l'heure ne semblait plus aux politesses, pour dire des phrases comme : « J'ai si souvent torché votre derrière, à votre tour de voir le mien ! » qui marquaient pourtant un juste retour des choses, tu m'as toujours vouvoyée. S'il t'arrivait de te tromper, tu reprenais du début, comme pour chasser une fausse note. Tu connaissais la musique.

Tu me vouvoyais et je te tutoyais. Nous vouvoyions nos parents, ils se vouvoyaient, ils nous tutoyaient, nous te tutoyions, ils te vouvoyaient et tu leur parlais à la troisième personne. Toute la gamme des conjugaisons y passait. Cette grammaire était notre langue naturelle, nous ne la trouvions pas étrange. Toi, tu avais dû l'apprendre, et il paraît que la première fois que tu a dis « Madame est servie », tu en as pleuré. Tu ne m'en as jamais parlé, et ça se passait bien avant ma naissance. En revanche, je t'ai vue manier la troisième personne avec autant de nuances et de plaisir que Sacha

Guitry dans *Désiré*. Tu l'utilisais comme un revers lifté. Plus tu en rajoutais, plus tu n'en faisais qu'à ta tête. À la fin, cela donnait :

— Pour ce soir, Madame veut-elle son poisson grillé ou en sauce ? Si Madame permet, le poisson grillé est plus digeste.

— Ça m'est égal. Demandez à Monsieur, il n'est pas très poisson.

Un étage au-dessus :

— Monsieur préfère-t-il son poisson grillé ou en sauce ?

— La seule chose qui puisse rendre un poisson comestible, c'est la sauce…

— Monsieur ne devrait pas manger des plats en sauce le soir, c'est trop lourd sur l'estomac. Je vais faire du poisson grillé.

Et voilà le travail.

Il faut un peu d'oreille pour entendre que l'insolence extrême, celle qui laisse sans voix, se situe à la pointe la plus fine de la politesse. À l'exact opposé de l'insulte. Sans la troisième personne, apparence de la plus grande soumission, effacement total de ton être, jamais tu n'aurais pu dicter tes ordres à mes parents ; ils auraient protesté. Là, désarmés, ils ne pouvaient que sourire…

Il y avait une grande part de théâtre dans tout cela. Pour les dîners, nous assurions le lever de rideau, ma sœur et moi, en robe de chambre. Nous allions servir les petits gâteaux d'apéritif, après révérence aux femmes et aux généraux

26

(aux évêques aussi, théoriquement, mais on n'en a jamais vu), conversation aux isolés, qui ne manquaient jamais de nous demander en quelle classe nous étions, et commentaient notre réponse d'un sempiternel « Ah, ah, ah, ça commence à devenir sérieux ! », service de l'eau et de la satanée pince à glaçons. Notre contribution prenait fin avec ton arrivée, précédée des trois coups de ton pas, car ta jambe faisait aussi office de brigadier. Tu t'avançais entre les rideaux ouverts du salon, robe noire et tablier blanc, temps d'arrêt, les yeux fixés dans ceux de maman jusqu'à ce qu'elle se taise, et, dans le blanc, des yeux et des mots : « Madame est servie », sourire, légère inclinaison du buste pendant la réplique :

— Merci, Thérèse.

Les habitués de la maison te saluaient alors à grandes exclamations, comme s'ils ne t'avaient pas reconnue avant que ton nom fût prononcé, ni vue depuis dix ans. « Ah, Thérèse ! Cette chère Thérèse… La fameuse Thérèse ? » Tu rosissais. Après quoi, demi-tour gauche, nous disparaissions sur tes talons, escortées par une longue traîne d'adjectifs murmurés à ta gloire.

Et nous essayions de rester en coulisse le plus longtemps possible.

Tu avais beau avoir une aide (elle te vouvoyait, tu la tutoyais), tu n'aurais laissé ta place à personne pour servir à table. À chacune, tu répétais : « On sert à gauche, on dessert à droite ; le plat sur la main gauche qu'on ne doit jamais reposer sur la table, même pour le fromage. On commence par les femmes, d'abord celle qui est à la droite de Monsieur, ensuite celle de gauche, après comme on veut, jusqu'à Madame, toujours en dernier. Ensuite l'homme qui est à la droite de Madame, celui de gauche, et les autres jusqu'à Monsieur qui doit être servi lc dernier, mais pas oublié. » Ça leur paraissait bien compliqué, elles étaient timides, et malgré les répétitions de quelques déjeuners, n'avaient finalement droit, au début, qu'à empiler la vaisselle. Ou aux légumes parce que « J'irai devant avec la viande, tu n'auras qu'à me suivre ! ».

Tu maîtrisais ton trac avec l'allant d'un vieux sociétaire de la Comédie-Française ; elles rougissaient et perdaient une grande partie de leurs moyens avant d'entrer en scène, où tu devais, en plus, les surveiller du coin de l'œil. Pas question qu'elles te fassent honte, mais pas trop d'honneur non plus ; tu étais la vedette. Et tu te concentrais d'autant plus que c'était ta cuisine qui était ainsi mise en scène ; tu étais aussi l'auteur. Tu répétais :

— La première chose que j'ai dite à Madame votre mère en arrivant ici, c'était : Je veux bien tout faire, sauf la cuisine ! Regardez le résultat !

Pure coquetterie : le résultat était magnifique. Tu le savais très bien. Tout le monde réclamait tes recettes, que tu recopiais bien sagement d'un livre ou d'un cahier, lunettes sur le bout du nez, en t'appliquant. Seulement beaucoup de ces dames se plaignaient ensuite que, chez elles, le résultat ne fût jamais conforme à l'original... Tu leur offrais des partitions, elles les lisaient comme des ordonnances.

Les grandes cuisinières sont toujours accompagnées de la même rumeur soupçonneuse : elles veulent bien donner leurs recettes, en faire des livres, s'il le faut, mais en oubliant exprès le détail qui fait la différence. Et ça les énerve, cette histoire ! Cocotte, la mère de Pia, que tu connaissais, lasse qu'on lui demande « son secret », l'attribuait aux cendres qui tombaient de sa Pall Mall sans filtre dans les plats. Elle acceptait de cuisiner en public devant des étudiantes américaines qui prenaient des notes, lui arrachant chaque ingrédient des mains pour le peser avant qu'elle l'utilise. Malgré cela, de retour dans le Massachusetts, le résultat était aussi *disappointing*. Cocotte cuisinait au pif, à l'humeur, à France Musique, à Proust et à *Charlie Hebdo*... Je reste persuadée qu'aucune de ces étudiantes proprettes n'a essayé la cigarette.

Tes ingrédients étaient Radio Luxembourg, le carré de fines herbes près de la rivière, et « quelques petites choses de mon *invention* ». Mais aucune chance que ces dames te voient patasser à pleines mains les saucisses roses et le pain trempé de la farce, arracher les tripes noires des lapins, écrabouiller les pralines à grands coups de marteau, ou laisser reposer la pâte crémeuse de tes marquises en chocolat, qui les faisait mourir d'extase, dans le grand seau en plastique vert où tu rangeais la serpillière… L'œil noir et la sueur au front, une mèche échappée du chignon, tu n'étais pas rassurante. Et tu nous envoyais promener : « Ne restez pas dans mes pattes ! Sortez de ma cuisine ! Ouste ! »

Tu ne nous as jamais appris, et nos expérimentations pâtissières t'arrachaient des soupirs d'exaspération : « Et allez donc, il va encore y en avoir partout ! » Nous étions sur ton territoire, la cuisine n'était pas un jeu d'enfants, et il te semblait entendu de toute éternité que nous n'aurions jamais besoin de savoir nous faire cuire un œuf. Maman, qui avait grandi dans une banlieue communiste et fréquenté quelques princes russes faméliques, ne partageait pas du tout ton opinion ; cependant, en matière culinaire, son avis était purement consultatif.

Le secret d'une grande cuisine, on ne le dira à personne, c'est un cœur énorme avec un petit bouquet garni de perversité. Les cuisinières sont des sorcières qui ont bien tourné ; elles savent le philtre dans la sauce et ne laissent pas de vérifier son efficacité. Un philtre d'amour pour mieux vous attacher, mon enfant.

Ton aide était à la vaisselle, et toi, assise devant un café, toujours en costume de scène, tu attendais les admirateurs dans ta loge. Entre les alcools et les rafraîchissements, ça défilait. Tu esquissais un petit geste, début d'appui sur les coudes, pour te lever, qu'ils interrompaient d'un : « Surtout, ne bougez pas, Thérèse », moitié compassion pour ta jambe, moitié reconnaissance pour l'artiste. Tu t'accusais d'avoir raté tel ou tel détail (« pas bien fameuse, ma mousseline ») pour être sûre qu'ils n'oublient rien dans leurs compliments ; tu ne leur faisais grâce d'aucun haricot vert. Après quoi, tu leur demandais des nouvelles de leur famille, le nom de leurs enfants et les maladies de leurs parents ; tu faisais salon.

Eux partis, tu remettais ta blouse. Tu ne te couchais jamais avant que la moindre fourchette à dessert ne soit allongée contre les autres dans le dortoir des tiroirs. Le lendemain, tu serais à nouveau la première levée.

Fondamentalement tu n'aimais pas cuisiner ; tu aimais servir. Papa servait la France, l'Yves servait la messe, et toi tu servais à table, cela revenait au même. Il fallait un beau costume, un rituel compliqué, et une souriante abnégation. Les personnes qui n'ont jamais servi — ni la France, ni la messe, ni à table — ne se figurent pas la fantaisie qui peut nicher là. La beauté des gestes gratuits, petits clins d'œil au ciel, passe inaperçue du public ; le tour d'éperons du colonel à la première foulée de galop, le double balancé d'encensoir du thuriféraire, ton décroisé de couverts en éventail… Derrière une apparence mécanique (l'uniforme, l'ordre, l'obéissance), de grands enfants s'amusent sous des déguisements libérateurs comme les masques de carnaval. Les vrais enfants repèrent cela tout de suite.

Chez nos grands-parents, le chauffeur t'avait scandalisée. Il prétendait avoir travaillé sur les bateaux de croisière et se mettait aux fourneaux dans les grandes occasions. C'était un gars qui déplaçait énormément d'air. Lors d'un déjeuner où il officiait au milieu d'un chantier à peine croyable, son plat n'étant pas prêt au moment de servir, il avait déclaré : « C'est la salle à manger qui doit attendre la cuisine, et pas l'inverse. » Des années après, tu t'en étouffais encore. Tu aurais été capable de laisser retomber un soufflé pour ne pas casser le rythme d'un dîner. Ton propre soufflé, encore ! Cela s'appelle avoir l'esprit de sacrifice.

La cuisine était ton royaume où nous n'étions admises qu'exceptionnellement certains samedis à déjeuner, quand nos parents étaient de sortie ou recevaient. Là, tout se jouait selon tes règles. Pas de chichis. Une seule assiette, plate, une seule fourchette, en Inox, un seul couteau, à scie, un seul verre, Duralex, pas de nappe. Tu trônais au bout de la table sur ton grand tabouret, avec Henri le jardinier des fleurs à ta droite, l'Yves ton filleul à ta gauche, ta petite aide, quelquefois la fille d'Henri qu'il amenait sur le cadre de son vélo, Violette de passage, Georges le Grec avec sa femme qui sortait ses gâteaux poudreux d'une grande boîte en fer, et nous, aux anges, qui avions le droit de dire des bêtises, de mettre les coudes sur la table, de donner les os aux chiens... Notre éducation faisait relâche. Riton parlait du Père

Charles et de Tante Yvonne (à la salle à manger : le général et Mme de Gaulle), du vélodrome pour mouches de Valy (le crâne de Giscard d'Estaing), il charriait ton aide sur ses sorties au bal ou ses échecs au permis de conduire, et dénouait ton tablier dans le dos, quand tu partais avec un plat vers la salle à manger. La porte était grande ouverte sur le jardin, les blagues fusaient dans l'odeur de l'herbe frais tondue, on riait. Je t'ai vue pleurer de rire sur ton grand tabouret et t'éponger les yeux avec ton tablier encore dénoué. Le samedi midi était un entracte, où le poids des devoirs s'allégeait. Le samedi tenait porte ouverte sur le paradis.

Le dimanche n'était pas le paradis, c'était le jour du Seigneur. On s'habillait en dimanche, on allait à la messe, et on était chrétiens pendant vingt-quatre heures. Personne n'était censé travailler le dimanche, « ni toi, ni ton fils, ni ta servante, ni ton bœuf, ni ton âne ». Les chevaux au repos avaient du sucre, les enfants du vin à table, et toi, quand tu ne sortais pas dans ta famille, du porto à l'apéritif. Tu te tenais à carreau. Tu repliais sagement ta jambe pour t'asseoir dans un fauteuil du salon. Nous te présentions nos inépuisables petits gâteaux secs, et tu sirotais du bout des lèvres, à petites gorgées en faisant des appels de la langue, comme les cavaliers. « C'est gouleyant », disais-tu, en te passant le plat de la main sur l'estomac. Tu ne portais pas de blouse. Papa était en veston de pékin. Personne ne servait à table, où tu étais conviée, dans la « salle à manger de deuxième classe », attenante à ta cuisine ; on posait les plats au milieu, sur la toile cirée, en terrain neutre. On mangeait les gâteaux roses et verts pleins de crème jaune du pâtissier. On pouvait même t'aider, puisque tu ne faisais rien.

Nous étions tous frères, le dimanche, après la messe et le porto. Autre grammaire. Mais celle-là, tu n'avais pas eu besoin de l'apprendre, tu la pratiquais depuis l'enfance. Parents et enfants, grands-parents et petits-enfants, hommes et femmes, patrons et employés, Blancs et Noirs : tous frères. C'était un lien tacite mais réel et très doux, un peu trop parfois, comme le porto ou le rosé d'Anjou.

Nous avions de la famille en commun là-haut — et pas la moindre —, mais nous n'en parlions que sur le ton de la plaisanterie. Avec une affectueuse familiarité. Des générations avaient poli les aspérités de la foi sur les bords de la Loire. Nous étions des croyants de pays tempérés où l'excès en tout est nuisible. L'excès de religion aussi. La Saint-Barthélemy nous gênait toujours aux entournures, surtout quand des amis protestants venaient dîner — à Saumur, ils sont historiques. Et les origines cathares proclamées de notre père — terrestre et toulousain — le rendaient peu amène au sujet de l'Inquisition. La croisade contre les albigeois avait laissé de si mauvais souvenirs dans son pays du Sud-Ouest que, plus de sept siècles après, on continuait à

34

maudire Simon de Montfort et à baptiser les ânes Dominique pour se moquer du grand saint qui avait fait allumer la mèche des bûchers. La religion n'était pas une question de prières, mais de comportement. Le Seigneur lui-même l'avait dit quelque part. Bref, nous étions tous frères, à part les affreux parvenus nouveaux riches, fallait pas pousser.

Cette fraternité universelle donna lieu, dans la région, à l'insolence la plus sublime. Nous habitions à vingt kilomètres de Fontevraud, où furent élevées les filles de Louis XV. La benjamine, Louise, boitait comme toi depuis qu'elle était tombée de son berceau. À six ans, un jour d'énervement, elle jeta à sa servante : « Vous oubliez que je suis la fille de votre roi ! » Alors, la servante, du tac au tac : « N'oubliez pas que moi, je suis la fille de votre Dieu ! » Moralité : Madame Louise, médusée, se tut au point de n'aspirer qu'au silence le plus absolu. Elle finit carmélite à Saint-Denis.

Nous n'étions pas les filles de Louis XV, et nous nous serions pris une volée si nous t'avions parlé d'un ton supérieur. Mais le principe restait le même : ce monde, vallée de larmes, était l'antichambre d'un autre où les premiers seraient les derniers. Chacun devait se rappeler, tout en jouant son rôle avec conscience les jours ouvrables, que la distribution était fort provisoire.

Une foi profonde et large baignait ton âme comme une Loire intérieure. Mais tu n'étais pas mystique, ta jambe ne t'a jamais permis de te mettre à genoux, et ta charité connaissait les bornes d'un solide bon sens. Les chemineaux trouvaient toujours un gros casse-croûte à ta porte avec un litron de vin — coupé d'eau derrière leur dos, parce que tu étais contre la « soûlographie » ; tu donnais aux Manouches, gitans évidemment mal famés, quantité de vieux vêtements et de pots de confitures millésimés dix ans d'âge. Ils te promettaient de prier pour toi aux Saintes-Maries, et t'appelaient « petite mère » avec un accent traînant que tu imitais à la perfection.

Tu ne mentais qu'aux marchands de tapis — ce qui ne peut pas être un péché.

Je me demande aujourd'hui si tu aimais vraiment nos déjeuners du dimanche, cette tentative de démocratie céleste sans réel laisser-aller. Ma seule certitude, c'est que tu aimais vraiment le porto.

Tu étais moins à l'aise dans les fauteuils du salon que sur ton grand tabouret ; tu n'étais bien que perchée, la jambe dépliée. Il fallait toujours que tu trônes, fût-ce sur un montauban à la maison de retraite, tel Louis XIV à Versailles sur sa « chaise d'affaires ». Droite, la tête un peu en arrière, tu régnais bien au-dessus des illusoires échelons de la société. Quand tu recevais la visite de mes parents, ils se retrouvaient assis un cran plus bas, à leur vraie place, selon les plans divins. Moi, je me mettais sur ton lit, mais j'ai toujours eu tous les droits. Dame, j'étais aussi ta fille, après tout, une libre fille des cuisines. Tu m'avais accueillie dans les coulisses moqueuses de la vie et montré le double fond de la malle magique, qui n'est pas toujours rose.

Tu m'avais intronisée, enfant, en me trimballant, assise sur mon pot de chambre, dans les étages où tu faisais le ménage... Et j'ai vraiment senti ton ombre sur mon épaule le soir où j'ai dîné avec un vrai prince, le duc d'Anjou. Il s'appelait Alphonse de Bourbon, et aurait pu être, en d'autres circonstances, roi de France, comme son aïeul Louis XIV, ou d'Espagne, comme son cousin. Ni prétentieux ni prétendant, il se contentait d'être l'aîné de son auguste famille, un homme charmant. Le hasard (la « divine providence ») voulut que je me retrouve à côté de lui à table ; nous parlions de livres. À un moment, il se pencha vers mon oreille, et, après un regard circulaire sur les plus chenus de ses partisans, qui lui voyaient tous une couronne sur la tête, il me glissa : « Entre nous, je lis surtout sur le trône, si vous voyez ce que je veux dire... »

Ce soir-là, c'est toi qui as pris ma serviette à deux mains pour étouffer les rires sur ma bouche.

Souvent, je sens l'eau de vaisselle me bouillir dans les veines, quand je vois des clients injurier des serveurs — ou des serveurs balancer leurs plats comme des injures ; je ne sais jamais trop de quel côté du buffet j'habite. Je t'entends glousser dans ma gorge devant les gros bouffis et les dames pointues qui se jettent sur les petits fours. J'imagine les commentaires des cuisines, où l'on s'amuse bien mieux que dans n'importe quel dîner officiel — mais où il est beaucoup plus difficile d'être invité. Je ne sais pas donner un ordre sans dix-huit mille circonlocutions — qui le rendent inintelligible ; ni dire — sans rire —, comme ces terribles chèvres aux lèvres pincées : « Dans nos milieux… » Pauvres gens, s'ils savaient !

C'est ta faute. Tu m'as transfugée. Dans tes bras, j'ai franchi ma première frontière, celle qui était à l'intérieur de la maison, et qu'on retrouve partout.

Corps et âme

—Vous regardez mes mains ? Elles sont bien vilaines, ma mignonne.

C'était la première fois que je te rendais visite à la maison de retraite. J'avais pris tes mains dans les miennes, et comme je n'en croyais pas mes doigts, je les avais retournées. Quelque chose avait changé. J'en ai appliqué une sur ma joue, et je n'ai pas reconnu l'empreinte de ta caresse. Pour la première fois de ta vie, tu avais les mains douces. Presque moites. Tu avais changé de paumes.

Je n'avais jamais réalisé que tes mains étaient rugueuses de travail ; je les avais toujours connues sur ma peau, et c'était leur signature de gratter un peu, façon gant de crin, côté vert de l'éponge. Des mains qui prenaient la vie à pleines mains. Je n'avais jamais pensé non plus qu'elles puissent être belles ou moches ; elles étaient à toi, elles étaient toi.

—Tu as de drôles de pouces…
—N'est-ce pas ?

Courts, larges et renversés vers l'extérieur, comme des parenthèses.

Toi dans ton fauteuil, moi sur ton lit, face à face, nous examinions tes mains à la retraite ; les stigmates de l'eau de vaisselle, de la lessive, des brûlures et des crevasses avaient disparu ; elles étaient désormais cantonnées à la couture, raccommodage (tu en réclamais à tout le monde) et confection de costumes de poupées au crochet pour la kermesse des bonnes sœurs, qui nourrissaient ainsi leur antenne à Madagascar. L'index humecté, elles tournaient les pages du *Pèlerin* et du *Courrier de l'Ouest*. Écrivaient sans fautes de jolies cartes de vœux illustrées pour les fêtes et les anniversaires. Saluaient les visiteurs et tentaient de lisser les cheveux d'enfants toujours trop vite enfuis.

Tu souriais ; tu avais l'habitude de te laisser observer et commenter depuis toujours. Comme on t'avait coupé la jambe toute petite, et que tu avais passé à ce moment-là presque deux ans en clinique, il te semblait normal de montrer tes bobos à qui voulait les voir, puisque cela paraissait intéresser tout le monde. Que c'était en cela que tu étais intéressante depuis les origines. Tu offrais ton corps tout vivant et tout souffrant à la science, ou à la curiosité générale. Dès que tu avais quelque chose, tu te proposais de l'exposer.

— J'ai un aphte, vous voulez voir ?

En général, les gens disaient non. Ils n'y comprenaient rien. Pourtant tu les prévenais que ça ne te gênait pas.

J'ai vu tous tes aphtes, même ceux du fond avec une lampe de poche. Je connaissais ton appareil à dents, tes cors au pied et ton moignon. Tes côtes multicolores quand tu t'étais électrocutée avec la cireuse électrique. Tu avais été projetée sur le parquet, ta jambe crépitait des éclairs, et tu criais : « Ne me touchez pas ! » comme Jésus encore tout étourdi après sa résurrection. Tu ne voulais pas que le courant nous emporte avec toi. Maman a débranché la prise. Le médecin a dit que tu avais un cœur drôlement solide. Mais dans ta chute, tu t'étais fait plein de bleus incroyables qui changeaient de couleur tous les jours, mauves, noirs, verts, jaunes… Je n'ai pas raté un épisode.

Tu m'as appris les remèdes : le tube vert de pommade camphrée pour les doigts de pied, le Synthol anis pour la bouche, les grains marron de Chophytol pour les crises de foie, l'ail pour les piqûres de guêpe, la sève jaune d'or de l'éclaire, qui poussait dans le mur au fond du jardin, pour les verrues (elles se rabougrissaient en devenant orange !), le Mercurochrome rouge pour les écorchures, l'eau bouillie au gros sel pour les oreilles percées, l'eau glacée sur les brûlures.

La seule chose qu'on ne pouvait pas guérir, c'était ton moignon. Il ne grandirait jamais. Il n'y avait pas à tortiller. On le soignait aussi quand il blessait, comme blesse la peau des chevaux sous le frottement d'une sangle mal ajustée. Tu avais un sacré harnachement, il faut reconnaître. Ta jambe artificielle, en métal, creuse, était accrochée à ta taille par une large ceinture de cuir. Tu l'enfilais comme une botte. Mais un bout de jambe d'enfant pour activer une jambe de taille adulte, cela frotte, forcément.

Le moignon portait autant de jupons que les femmes du Portugal, autant de matelas que la Princesse Petit Pois. Couvert d'emballages, en bas Nylon ou en laine, pour le protéger. On ne le voyait pas souvent tout nu. Il était couleur de mousse à la framboise, cylindrique, terminé par une cicatrice en forme de vaguelettes. Une cuisse mince et musclée de toute petite fille tranchée en plein milieu. Sans cette part vivante d'enfance en toi, jamais tu n'aurais pu marcher.

Pas plus qu'ils ne voulaient regarder tes aphtes, les gens ne te posaient des questions sur ta jambe ; ils faisaient ceux qui ne remarquaient rien. Pourtant cela ne te gênait pas non plus d'en parler. Tu m'as raconté souvent ton accident, chaque fois que je te l'ai demandé. Je me rappelle très bien le début : « C'est là qu'ont commencé tous mes malheurs… »

C'était pendant les grandes vacances de l'été 1914, tes premières vacances. Tu allais à l'école depuis Pâques et n'avais pas encore « pris » tes six ans. On était en pleine mobilisation générale, presque tous les hommes étaient partis pour la guerre. Alors que tu rentrais chez toi, là-haut à La Croix, tu es tombée au premier tiers de la côte, juste en face de La Gilberderie. Pourquoi ? Sur quoi ? Tu ne savais plus, tu étais tombée, parce que les enfants tombent souvent, et que tu étais une enfant. Ta sœur Aimée a essayé de te remettre sur tes pieds, mais tu poussais des cris affreux. On est allé chercher un médecin, à vélo. La guerre avait tout désorganisé. Le médecin n'est venu que le lendemain ; il a plâtré ta jambe fracturée. Les jours ont passé, et comme tu allais de plus en plus mal, le médecin est revenu. Il a trouvé ta jambe noire de gangrène, et a ordonné qu'on te transporte d'urgence à la clinique de Bagneux.

Huit kilomètres ballottée au fond d'une carriole, au trot. Chaque foulée du cheval élançait ta douleur, et tu te souvenais de chacune. Comme du jardinier qui t'avait ensuite portée dans ses bras jusqu'à ta chambre. Ensuite, le sommeil. Trou de mémoire.

Dans la nuit, un chirurgien t'a amputée au tiers de la cuisse.

On n'a pas osé te l'annoncer tout de suite ; tu étais si petite. La sœur infirmière qui faisait tes pansements t'interdisait de regarder ; tu lui disais que tu ne sentais plus ta jambe droite… « Et pour cause ! » soupirais-tu, surprise et désolée.

À ce moment de ton récit, tout naturellement, on observait un temps de silence, comme dans les églises, pendant l'évangile des Rameaux, après « Et il rendit l'esprit ». On contemplait l'abomination de l'abomination. On n'en revenait pas d'une horreur pareille.

Ensuite, la vie reprenait, à la bonne heure ! Tu

devenais le chouchou de la clinique ; des belles dames t'apportaient des bonbons et même une poupée ; tu copinais avec des blessés de la guerre ; une jeune fille t'apprenait à lire ; tu t'entraînais à marcher avec une prothèse. Vingt mois plus tard, tu avais à nouveau le cœur déchiré — à l'idée, cette fois, de rentrer chez toi...

Tu racontais cette histoire en plaignant la petite fille à qui elle était arrivée. Tu la regardais, trimballée dans sa carriole ou blottie dans son lit, mais quand c'était son tour de parler, tu reprenais sa voix haute et ses yeux ronds d'innocence éperdue. Cette petite fille souffrait encore en toi, et nous avions le même âge.

Tout cela figure dans tes mémoires, je le sais, avec les noms, les dates, les détails que j'aurai oubliés ou faussés — et ceux que j'ignore. J'ai un peu peur d'ouvrir tes cahiers ; je redoute d'y découvrir des grands fonds de douleur bleue.

Quelque temps après ta mort, j'en avais parcouru certains, les yeux un peu brouillés. Je me rappelle les annexes à la fin, sur tes grands-parents, sur les animaux de la maison, le nom de tous nos chats, quelques poèmes patriotiques appris à l'école, des chansons (aucune recette !) mais aussi une liste qui m'avait bouleversée, et qui s'appelait « Mes chutes ». J'imaginais la liste de Napoléon, « Mes batailles », celle de Victor Hugo, « Mes œuvres », celle de la Pompadour, « Mes amants », et la tienne : « Mes chutes ».

Je t'imaginais à la porte du paradis.

44

SAINT PIERRE
Qu'as-tu fait de ta vie, ma fille ?
TOI *(voix d'enfant)*
J'ai tombé.

Depuis l'été 1914, depuis cette première chute
de la Première Guerre mondiale dans la côte de
La Croix, tu tombais. Et tu te relevais. Et personne n'en revenait de cette résistance.

Tu avais mis toutes tes forces à te tenir
debout.

La voici, cette liste, à la fin du deuxième
cahier. Je m'étais trompée, elle est simplement
intitulée : « Chutes », sans possessif. Comme si
cette fatalité ne t'appartenait pas, mais qu'elle te
tombait dessus, elle aussi : « Je m'aperçois que je
n'ai pas marqué toutes mes chutes, ma tête fonctionne au <u>ralenti</u>. » Ce ralenti agaçant est souligné. Suivent les circonstances de chaque chute,
avec numérotation dans la marge : 1re chute,
2e chute, jusqu'à 7e chute. Le Christ lui-même au
calvaire n'est tombé que trois fois. Et toi, depuis
la côte de La Croix, tu es tombée bien davantage ! Sept est un chiffre mystique, lui aussi, la
rencontre de la terre et du ciel, des quatre éléments avec la Trinité divine.

T'arracher de la terre vers le ciel, la voilà ton
œuvre.

Ta recension néglige toutes les bûches de ton
enfance à la clinique, quand il a fallu adapter

une prothèse à ta taille, et t'apprendre à l'utiliser. Elle commence bien après, au début de la fin de ta vie, avec la chute qui t'a conduite à la maison de retraite. Tu avais glissé sur une cerise à la maison et t'étais cassé le col du fémur, côté moignon. Tant qu'à faire. Nous habitions Paris à ce moment-là. Puisque tu ne pouvais plus marcher, et que tu te croyais seule, tu as rampé jusqu'au téléphone pour appeler le médecin. Tu n'y es pas arrivée. Tu as dû t'évanouir. Dieu merci, le sous-lieutenant qui louait deux chambres au second étage, et que tu croyais en manœuvres, n'était pas un garçon vertueux. Il était rentré en douce avec une douce qui avait l'oreille fine et t'a entendue. Elle a commandé une ambulance. Tu es retournée à la clinique de Bagneux, après soixante-treize ans d'absence.

Sauvée par l'amour. Par la tendre amie d'un militaire qui n'était pas parti pour la guerre, lui.

Quel est le chat qui aura roulé cette cerise sous tes pas ? Et l'andouille qui a croché ensuite ton pied avec sa canne ? Étalé des gravillons roulant dans la cour ? Lavé le sol avec un produit glissant ? Éloigné la poignée de ta main ? Dérobé l'appui de ton montauban ? Déplacé ton fauteuil ? Que fichait ton ange gardien pendant ces sept dernières chutes ? Et en 1914 ? Avait-il suivi les hommes sur le front ? Les anges aiment le son des trompettes, c'est bien connu. Il arrive même qu'ils en jouent. Et de l'épée aussi.

Lit, fauteuil roulant, deux cannes, une canne,

plus de canne. Tu as entrepris sept fois ce parcours à la maison de retraite. Souvent tu retombais avant d'arriver à la dernière étape. Et tu repartais de zéro : lit, fauteuil roulant, deux cannes... Ton énergie était plus grande encore que ton désespoir. Capable de supporter les deux cent vingt volts de la cireuse électrique, de creuser un sillon au talon dans la pelouse en pente du jardin, traçant ta route pour étendre le linge, et de monter toujours la côte de La Croix, jusque chez ta belle-sœur, à vélo. Tu ne posais le pied qu'à la hauteur de la Gilberderie, juste là où, enfant, tu avais eu ton accident. Nous, gamines, en danseuse, y arrivions tout essoufflées.

Tu ne tombais jamais de vélo.

Vraie femme du XXe siècle, tu avais une grande bicyclette grise, avec une pédale fixe pour caler ta jambe, et l'autre pour pédaler. Ma sœur avait un petit vélo rouge, et moi un moyen bleu. Dans cet équipage, petit vélo, moyen vélo, grand vélo, nœuds dans nos cheveux au vent et petits sacs à main blancs au guidon (dorés, les fermoirs !) nous partions le dimanche pour la messe quand nos parents étaient en déplacement. Toi, chef de la colonne, tu étais derrière, selon un principe de la cavalerie que t'avait enseigné mon père. Ma sœur, plus petite, fonçait devant, en éclaireur. L'église la plus proche était à cinq kilomètres ; la route départementale, plate, longeait la Loire. L'enquiquinant, c'est que la messe dans cette église était presque aussi tôt que l'école, à huit heures et demie ; l'avantage, c'est qu'elle était plus près que l'autre, et que la circulation était nulle à cette heure matinale.

Elle n'était guère plus envahissante ensuite. C'était le temps où l'on pouvait traverser les rues la tête en l'air, où l'on voyait arriver les voitures de loin et où l'on attrapait les autocars comme des papillons, en levant la main le long des routes, comme le font aujourd'hui encore les Indiens ou les Africains. La France était un pays sous-développé dirigé par un vieux général au long nez, à cette époque.

J'exagère sans doute un peu pour la circulation, parce qu'on a quand même connu des chiens qui se sont fait écraser sur la grand-route. Xenta, par exemple, avec sa manie bien embarrassante de rapporter sur la pelouse du jardin les combinaisons des dames qui déjeunaient sur l'herbe en bord de Loire, et d'ajouter, avec les crocs, quelques vilains trous à leurs jolies dentelles…

Tu vois, je m'échappe, je flâne, je lambine, je nous promène encore un peu sur nos vélos. Je voudrais te montrer les peupliers dorés du printemps, les pieds dans l'eau qui nappe les prés, le chat noir perché dans les tilleuls encore nus à hauteur de ma fenêtre, et Jaja la tricolore, en boule sur un coussin, pas trop rassurée d'être arrivée à la campagne. Si tu étais encore là, je te raconterais les amours de ce grand noiraud et de Jaja l'indifférente ; comment, l'été dernier, je l'ai trouvé devant la porte de ma chambre chantant la sérénade à trois heures du matin ; elle te l'a viré à toutes griffes, si tu avais vu !

J'oublie la douleur, le grand poids qui t'a précipitée sur le sol si souvent ; le grand travail qui t'a crevassé les mains. J'essaie encore de les chasser en te racontant des histoires, comme autrefois, pour consoler la petite fille à la jambe coupée qui était mon amie. Je n'ai jamais trouvé d'autre moyen. Dire que tu as supporté sans broncher les aventures du lapin bleu Hisse Total et de l'ours Escorzan, tous les matins, pendant que tu me démêlais les cheveux. Tu me relançais, en plus ! Tu devais penser que mon babillage m'anesthésiait le crâne contre tes coups de peigne…

Les morts ont-ils besoin qu'on les console ? Je suis encore plus bête que Jaja, la plus bête de tous les chats. Figure-toi qu'elle vient de se purger avec une feuille bien dure de misère en pot, quand le jardin est plein de jeunes herbes tendres. Elle a un instinct très sûr pour se rendre malade.

Moi aussi sans doute. Il va bien falloir que je lise pour de bon tes sapristi de cahiers, puisque je t'ai forcée à les écrire. Mais je redoute leur effet misère en pot, les douleurs inconnues tapies au coin des pages ; je ne suis pas sûre de vouloir découvrir les secrets de ton existence, car je sais qu'il en existe au moins un, même si tu ne m'en as jamais parlé.

Ce ne sont pas les morts qui ont besoin d'être consolés, me chuchote le chat, pas si bête que ça.

Au stylo bille

Hier, il a fait un temps de « petit printemps », bleu et froid, la Loire ramassée, ardoise mauve, reprenant ses déboires débordés dans les prés, et la vive énergie des jonquilles et des violettes, éclatante. Une percée de couleur sur les sombres contours de l'hiver, synchrone avec le dimanche de Laetare, éclaircie rose bonbon dans le mauve du carême. Aujourd'hui, c'est raté, il flotte à ne plus croire au chant des merles. Retour vers novembre. Le chat noir n'est pas venu guetter Jaja, son amour, dans les tilleuls nus. Il refait carême et j'ai froid. *Laetare Jerusalem* : « Réjouis-toi, Jérusalem. » « On n'y entendra plus de cris ni de pleurs. On n'y verra plus de nouveau-nés emportés en quelques jours, ni d'homme qui ne parvienne au bout de sa vieillesse ; le plus jeune mourra centenaire, mourir avant cent ans sera une malédiction », annonce Isaïe dans la liturgie. Tu es morte avant cent ans, et l'on s'entre-tue à Jérusalem davantage que partout ailleurs. Quand je serai grande, je serai prophète, un métier d'avenir.

Je viens de passer quelques jours avec toi, dans tes cahiers, désormais teints de café et cendrés de tabac. Pardon pour les cigarettes, un jour, peut-être, j'arrêterai, promis. J'ai survécu. Mais je ne sais pas si je te connais mieux maintenant — ou si je n'aurais pas plutôt échangé un puzzle de cinq cents pièces contre un autre de deux mille. Je te voyais en gros plan, les yeux dans les yeux, dans la vive clarté de nos étés trop courts, et te voilà entourée soudain par toute une famille, au centre d'une photo de groupe assez floue ; j'ai du mal, parfois, à mettre des visages sur tous ces noms ; entre les Landreau et les Landrault, les Lecomte et les Leconte, sans compter les deux ou trois Clément, Maryté et Marie-Thérèse, Manu et Emmanuel... Et moi, et moi, et moi ?

J'ai l'impression de t'avoir un peu perdue. Ainsi, je n'étais donc pas ton seul amour... Ou t'aurais-je volée à l'amour des tiens ? Dans le doute, je ne sais plus par quel bout te prendre. J'attendais des choses qui ne sont pas là ; j'ai trouvé des choses que je n'attendais pas ; de nouveaux mystères et peu d'éclaircissements ; tu m'as fichu un sacré bazar ; comment veux-tu que je m'y retrouve ? Parce que c'est mon tour, maintenant, de faire le ménage. Pas si facile.

J'exagère ? Générique de l'été 1992, par exemple : Martine Saunier Bellois d'Avrillé, qui part en vacances à Bourg-Saint-Maurice, en montagne, dis-tu. Mariée à Christian. Plus tard,

Christian a le coude démoli et Morgane le poignet cassé. Jacqueline et son époux Roger avec Franck, leur fils, de Baugé, vont à l'île de Ré. Denis, à l'hôpital d'Angers. Marie-Thé, Benoît et Stéphanie. Bernard et Odile à Préfailles, Françoise reçue à son examen. Anne Landreau, qui va camper à Lourdes. Yvonne Blouin et sa sœur Juliette. Yvonne Echardour et son époux Emmanuel, omniprésents. Sigolène et Bruno, entre les ponts. Pascal et son fils Clément, le « petit Clément » que tu vois souvent avec son Pépé et sa Mémé. Fleur, petite-fille de Baugé. Alain, le bien-aimé de Sigolène. (Ce n'est plus Bruno ? Ce ne serait pas plutôt Ségolène ?) Manou virée de l'hôpital de Chinon, où elle travaillait depuis vingt ans ; on embauche des jeunes à la place. Virginie, petite-fille d'Yvonne, qui s'est fait une entorse, son oiseau et son chien. Françoise Landreau, qui « n'est plus ultramoderne », avec Sébastien « puisque Sébastien il y a ». Henri Leconte ancien gendarme et son épouse Marie-Louise. La mère Dabin, qui habite près de la crêperie. Jacqueline Doyen, Jacqueline Piaumier, tes anciennes assistantes, Pépère Saunier, Christine et la petite Amélia, toujours aussi mignonne, « ses petits cheveux bouclés et dorés ».

Et aussi tante Hélène Bartaud, Dédette Boutin, Yves, ton filleul, et sa fille Anne-Laure. Mes parents, ma sœur Laurence, ses enfants, et moi, entre deux reportages. Les Canlorbe, le père Lorton, Marlène Franqueville, quelques sous-lieutenants montés en grade devenus pères de famille, tes anciens pensionnaires. Et ceux de la maison de retraite : Mme Baudit, Mme Rambault, Mme Guitton, Fernande Morin, Odette Lepelletier, le père Achard, Mme Dondain (ancienne Mme Jean Cailleau ?), Simone Champion, Tintin et sa femme, Mme Frappereau, qui conduit ton fauteuil, ta « chauffeuse ». Les bonnes sœurs, sœur Henriette, sœur Marcelle la grande et sœur Marcelle la petite, sœur Marie Rose, l'aumônier, les filles de salle, Ginette, Marie, Alexandra, le kiné, les médecins... Stop !

Dire qu'on nous bassine avec les vieillards abandonnés dans les maisons de retraite, alors que toi, tous les jours, tu as des visites... Tu n'as pas tenu un journal, mais un gigantesque livre d'or. D'année en année, on retrouve les fleurs de Jacqueline et Roger, les coups de fil de Suzanne, le layon d'Yves, comme des refrains ; la visite d'Yvonne ou de Christiane, « toujours la même », surprises quotidiennes. Yvonne, qui est venue, vient et viendra tous les jours, est juste Yvonne, mais Christiane, qui passe deux ou trois fois par semaine, est « toujours la même », comme si tu t'attendais toujours à ce qu'elle subisse une soudaine transformation hors de ta présence.

Ton carnet de bal déborde. Tu es invitée « de » partout, comme tu dis, et tout le temps, le dimanche, à Noël, au premier de l'an, à la galette des Rois, aux communions... Pas trop aux mariages, mais seulement parce qu'on ne se marie plus guère dans les jeunes générations. C'est toi qui décideras un jour de ne plus sortir. Par la suite, tu seras toujours victime de nombreuses tentatives d'enlèvement.

Lettres, cartes postales, téléphone, bonbons, chocolats, gâteaux, cadeaux, azalées, bégonias, personne ne t'oublie, ni toi ni ta fête (le 15 octobre, Sainte-Thérèse-d'Avila, à ne pas confondre — surtout ! — avec Sainte-Thérèse-de-l'Enfant-Jésus, le 1er octobre), ni ton anniversaire (le 17 novembre), ni la fête des mères, fin mai, que tes nièces Yvonne, Christiane, Jacqueline et Suzanne te souhaitent, comme Laurence et moi. Six filles, pour une nullipare, un record !

Le lendemain de tes quatre-vingt-dix ans, éblouie, tu te relèves pour contempler tous tes cadeaux, comme une jeune mariée.

Et tu suis les aventures de chacun, des enfants, des petits-enfants, des petites copines et petits copains, des grandes vacances qui mettent tout ton monde sur les routes ; tu te tracasses de leurs arrivées ici ou là, au Maroc ou à Saint-Brieuc ; tu signales la fabrication des confitures, l'abattage des poulets, le ramassage des châtaignes, l'achat ou la vente d'une maison, les études, la recherche d'un travail, d'un logement, les promotions, les mutations, les maladies, les accidents de voiture, le chômage. La mort aussi. Tragique seulement avant l'âge.

Car les morts à la maison de retraite seraient plutôt comiques, et souvent enviables : « Hier, j'ai oublié de marquer qu'Édith en mangeant elle s'est étranglée, c'est une grâce que le bon Dieu lui a faite, elle ne voyait plus et marchait difficilement… » Plus tard : « Mme Cailleau la blonde est décédée ce midi ; elle avait commencé à déjeuner sans histoire, et tout d'un coup, elle s'est renversée sur sa chaise, infirmières, pompiers, etc. C'était fini ; c'est une belle mort. » Ah, mourir à table… Tu m'as fait bien rire, heureusement que je ne me suis pas étranglée !

Tu restes au centre de ce grand tricot de l'existence que tu surveilles, maille après maille.

Et que tu raccommodes. Tu ne reprisais pas que les chaussettes, tu essayais de rabibocher les vies aussi ; tout ce monde ne défilait pas sans raison dans ta chambre ; le sens du devoir est une plante rare, et pas spécifiquement vivace dans le Maine-et-Loire. On avait plaisir à bavarder avec toi ; tu avais l'esprit ouvert, pas du tout nostalgique de temps anciens que tu te rappelais si durs ; tu étais curieuse comme une mangouste, très causante, mais discrète. La preuve : tu n'en parles pas. Aucune confidence. Aucun conflit n'est évoqué (or, il y en a eu !) ; et tu bornes tes critiques à la nourriture, quand le cuisinier réussit l'exploit de rater une poule au pot (tu ne croyais pas ça possible !) ou à *Dallas*, le feuilleton télévisé, quand on en change la distribution. Je n'ai relevé aucune méchanceté, juste deux ou trois agacements. Tu n'étais pas mauvaise, mais tu devais t'autocensurer quand même.

Ton cahier était dans ta chambre, sur ta table, ouvert à tous. Œuvre publique. D'ailleurs tu achèves souvent le soir par des volées de baisers à la terre entière. Comme si tu faisais une émission de radio depuis le phare de ta chambre.

Un jour sans nouvelles des tiens est un jour où tu n'as « rien à dire d'extraordinaire », rien à transmettre. Sinon les gens que tu vois se promener devant ta fenêtre, sur la pelouse ; le temps qu'il fait et les chats de passage, puisque tu n'as pas pu amener Pamina (« ici, on accepte les vieillards, mais pas les chats »), sans oublier les menus, tous notés de l'entrée au dessert. (Quelle idée ! Sûrement la mienne, en plus, je parie…) Mais le désespoir guette vite, dans ces cas-là.

Un jour sans visite est une catastrophe. Les visites passées, si nombreuses soient-elles, ne garantissent en rien celles du futur ; tu ne peux pas les engranger ; on n'engrange pas la joie. Le courant de la vie ne se stocke pas davantage que l'électricité. Et si tu allais être abandonnée ? Ton inquiétude, ton espoir aussi, c'est toujours demain, comme si hier, une fois noté, n'existait plus. Et, avant demain, il y a la nuit, longue traversée aux escales nombreuses, imprévisibles et parfois dangereuses.

La seule personne à qui tu en veuilles vraiment sur la terre, c'est toi. Tu t'horripiles. Parce que tu souffres, que tu te plains, et que tu ne te supportes pas comme ça, à te plaindre tout le temps. « Je suis désolée de moi. » Tu prends vingt fois la décision de ne plus te plaindre, en oubliant chaque fois que tu l'as déjà prise. Surtout que tes visiteurs se liguent pour t'expliquer que tu n'as aucune raison de gémir : tu mènes une vraie vie de château ! S'ils étaient à ta place ; ils ne se rendent pas compte… Vieillir n'est pas un sport pour les petites natures, disait Bette Davis, une actrice américaine. Tu disais ? Oui, elle est morte.

Tu souffres, tu sens que tu souffres, tu sais que tu souffres, et tout le monde te bouscule. Les bien portants n'ont pas de problèmes, ils n'ont que des solutions. On change tes remèdes, tes piles d'appareils à oreilles, tes lunettes, tes médecins. N'empêche que tu n'entends plus, que tes yeux pleurent, que tu vois trouble, que tu as le ventre bleu et le moignon violet, que tu ne peux plus marcher toute seule, que tu as mal au derrière et que tu perds la boule. « Yvonne dit que je ne suis pas folle, pourtant c'est tout comme. » Tu suis sagement tous les ordres du docteur, et pourtant tu souffres toujours. Alors ?

Pourquoi n'aurais-tu pas le droit de te plaindre ? Parce qu'il y en a de plus malheureux que toi, te dit-on. Tu es d'accord, tu le notes pour y penser, tu te le répètes, tu le renotes, n'empêche que tu as mal, il n'y a pas à en sortir. Il faut offrir tes souffrances au Seigneur ? Soit, tu les offres de bon cœur ; ça ne les fait pas disparaître pour autant. Tu pries pour tous les malheureux de la planète, tu fais des chèques « pour » la faim dans le monde, tu vas fidèlement à la messe, aux récitations du rosaire, tu apprécies les sermons de l'aumônier et les belles cérémonies, tu y mets tout ton cœur, tu trinques avec les neveux après avoir reçu le sacrement des malades (l'extrême-onction de naguère), on te l'administre même deux fois, comme une sorte de vaccin, n'empêche que tu as mal, voilà la vérité. L'insupportable vérité de ton insupportable personne.

Après s'être cassé une jambe dans l'escalier, ta sainte patronne, Thérèse d'Avila, une tête de mule dans ton genre, disait : « Quand on voit comment vous traitez vos amis, Seigneur, on ne s'étonne plus que vous en ayez si peu ! »

Tu essaies les chemins de traverse. Tu mets des marrons d'Inde dans ta poche contre les hémorroïdes, selon le conseil de Dédette ; tu envoies une mèche de cheveux à un guérisseur recommandé par Yves ; tu pries sainte Rita, parce que « le bon Dieu n'est pas chargé de porter nos valises », d'après le père Moreau, notre ancien curé. Le bon Dieu, non, mais sainte Rita, sait-on jamais ? Rien ne fonctionne, ni marrons d'Inde, ni rebouteux, ni sainte Rita. Tu perds son image pieuse, ton crayon roule sous le lit, tu te déglingues, tu déclines, c'est la vie, tu l'écris. Mais à quoi ça t'avance de savoir que c'est la vie ? Toi, tu voudrais faire des progrès, aller mieux. Tu t'acharnes à faire des progrès, tu t'appliques à aller mieux, tu te donnes du mal, et rien. Ou pas grand-chose. Tu as mal. Tu ne te souviens plus de rien : « J'avais oublié que Germaine était morte, c'est triste d'avoir si peu de mémoire. » Mais pas besoin de mémoire pour savoir que tu as mal, puisque tu as mal tout le temps, et aussi quand tu écris.

C'est l'âge, tu le sais, tu le dis, mais tu ne t'y résignes pas ; personne, je crois, ne s'y résigne, sous peine de mort. Tu m'as souvent fait le coup des adieux : « Quand vous reviendrez, inutile de me chercher, je ne serai plus là ! » ; « C'est bien gentil à vous d'être venue une dernière fois ! » ; et même un jour : « Surtout ne vous donnez pas la peine de vous déplacer pour mon enterrement, je ne me vexerai pas ! » Avec des soupirs et quelques larmes, bien entendu, défi et coquetterie. Ruse. Je n'ai jamais marché. Je connaissais tous tes tours, ma vieille chouette, et tu ne me jouerais pas celui-là. Si tu croyais que j'allais te donner l'autorisation de passer l'arme à gauche ! Nous nous sommes toujours quittées sur un clin d'œil ; je ne t'ai jamais laissée rafler la dernière levée. Je te racontais des petites histoires, et puis je cherchais un truc pour te tenir en haleine jusqu'à la prochaine fois. Le dernier, c'était l'an 2000 ; je t'avais persuadée que ce serait certainement très intéressant à voir, un événement. En janvier 2000, à court de munitions, j'ai dû sortir l'arme secrète… Le porto.

Tu as accepté de jouer les prolongations avec moi, encore un tour, mais avais-je trompé ta vigilance ? Ton âme savait. J'ai sous les yeux la dernière page de tes cahiers. Ton écriture tremblote, je n'arrive pas à tout déchiffrer, sauf la phrase finale : « J'ai très mal dormi, encore une journée passée, à demain, il fait noir. » Ou peut-être : « Il fait rosé » ? Difficile à dire ; s'agit-il d'un point ou d'un accent ? Et tu parles de nuages roses, peu avant. En revanche, la date est très claire : « Jeudi 16 décembre 1999. » Tu as achevé le pensum que je t'avais donné, juste pour le jour de mon anniversaire...

Tu vois, il faut toujours que je ramène ma fraise ! Même quand c'est toi qui meurs.

J'ai l'impression d'avoir cambriolé tes cahiers et de te kidnapper une fois de plus à ta famille. De quel droit ? Yvonne et Christiane « toujours la même » venaient te voir tous les jours, elles, pendant que je faisais mon intéressante à la capitale. Elles ont le droit d'être au courant. Et moi aussi. Car bien des choses m'étonnent... Et d'autres me tracassent, que j'écrirai plus tard. On ne fait pas le ménage en planquant la poussière sous les meubles, n'est-ce pas ?

Il faudrait d'abord ouvrir les fenêtres.

Aujourd'hui, j'ai bien trop froid.

Enfantelette

Tu ne le croiras jamais, mais j'ai rendez-vous avec tes nièces, Yvonne et Christiane « toujours la même », le vendredi saint. À l'heure du chemin de croix ! Jésus est mort « à la neuvième heure », c'est-à-dire trois heures de l'après-midi ; eh bien, juste à cette heure-là, nous nous retrouverons en train d'évoquer ton calvaire à toi, depuis ta première chute dans la côte de La Croix...

Ce n'est pas de mon *invention*, ce que je te raconte, c'est la vérité pure, promis ! Dans un roman, une pareille coïncidence serait par trop énorme. La vie n'a pas de ces pudeurs déplacées. Elle ose tout.

Si Yvonne la catholique m'y autorise, j'apportcrai des petits gâteaux. Comme elle est libre cet après-midi-là, c'est qu'il ne doit pas y avoir de cérémonie à l'église de Saint-Florent ; le curé qui t'a enterrée, et qui avait tant de cheveux et une si jolie voix, s'est tué dans un accident de voiture. Depuis, ils n'en ont plus. D'après

Christiane, toujours taquine, c'est Yvonne, leur curé, maintenant…

En attendant, je reprends ta vie du début, par tes mémoires. Par ton enfance, terrain que nous avions déminé ensemble, et que je croyais bien connaître. Eh bien même pas, figure-toi.

Première surprise, tu ne commences pas par le récit de ton accident. J'attendais le fidèle : « C'est là qu'ont commencé tous mes malheurs… », mais tu racontes d'abord un souvenir antérieur, plus intime, et que j'ignorais. Ton seul souvenir de petite fille à deux jambes : l'angoisse, chaque matin, d'être abandonnée par ta mère, quand elle partait accompagner ton frère et tes sœurs sur le chemin de l'école. Tu sortais du lit pour la guetter par la fenêtre, sur la pointe des pieds. À son retour, elle te disait : « J'espère que tu ne t'es pas levée, ça serait très vilain de penser qu'une Maman laisserait sa petite fille. » Tu ne répondais rien, tu baissais la tête : « Elle avait deviné… »

Ce syndrome de l'abandon, qui t'a suivie jusqu'à la maison de retraite, où tu craignais toujours de voir la fontaine de tes visites tarir soudain, datait donc de tes cinq ans ! Mais d'où venait-il ? Coup de fil à Caroline, psychanalyste pour enfants. Au débotté, elle m'apprend que ce phénomène avait été observé pour la première fois chez des orphelins de guerre. Des enfants qui avaient donc à la fois perdu leur mère et peur qu'elle les abandonne ? « Les enfants redoutent toujours des choses qui sont déjà arrivées », me répond-elle.

Ta mère ne t'avait pourtant pas abandonnée... Mais elle ne se moquait pas de toi ; elle ne te grondait pas ; elle semblait comprendre ta peur. Pourquoi ? Qu'était-il donc déjà arrivé de si terrible ? J'ai longtemps promené la lanterne de cette phrase à travers tes cahiers. L'explication se trouve, je pense, dans une page de l'annexe intitulée « Grands-parents Dugas », où tu établis la filiation de ta mère. Tu ne fais pas le lien, mais ta grand-mère maternelle avait été abandonnée. Pour de vrai. Fille d'une fille de l'Assistance publique, ta mère ne voyait sûrement pas dans tes tribulations matinales les délires d'une gamine imaginative, mais au contraire l'inquiétant héritage d'une crainte solidement ancrée dans une réalité familiale.

Ta grand-mère avait été confiée, bébé, à une sage-femme de Saint-Martin-de-la-Place, qui connaissait le secret de sa naissance mais n'en a jamais rien dit, même à ton grand-père (qui avait fait la guerre de 1870 et mangé du rat pendant le siège de Paris) quand il a voulu l'épouser. Sinon qu'elle était issue de la « faute » d'une jeune fille de bonne famille. Peut-être avec un de ces jeunes officiers, que chaque automne amenait à Saumur pour que l'été suivant les emporte, virile migration moustachue, clinquante et colorée ? On n'en sait rien.

La sage-femme, qui gardait d'autres nourrissons,

a obligé ta grand-mère à mendier, jusqu'à ce qu'elle soit en âge de travailler (onze ans !) où on l'a « placée » dans une ferme. Elle s'appelait Aimée, et, comme ton grand-père s'appelait Dugas, elle devint donc Aimée Dugas, jeu de mots qui t'amusait beaucoup, sans doute le premier que j'ai connu par ta bouche, mais qui a dû peser bien lourd sur ton cœur. « Cette grand-mère m'a dit combien sa mère avait eu de la peine de laisser son bébé », écris-tu. Comment le savait-elle, la malheureuse ? Par cette affectueuse sage-femme qui l'avait jetée dans la mendicité ? Le croyait-elle seulement ? T'a-t-elle convaincue ? En tout cas, cette angoisse de l'abandon ne t'a jamais abandonnée, toi.

Ta mère, leur fille aînée, s'appelait aussi Aimée Dugas avant d'épouser ton père, qui s'appelait Eugène Lecomte, comme son père, et ainsi la même vie se prolongeait-elle, de génération en génération, d'écho en écho, à l'infini. Tes parents ont baptisé leur fille aînée Aimée, et leur fils, ton frère, Eugène... Pratique pour les généalogistes !

Te voilà donc avec ta peur d'être abandonnée, et bientôt ton accident : « Et c'est là qu'ont commencé tous mes malheurs... » L'été 1914, la chute dans la côte de La Croix, tes cris, le docteur, le plâtre, la gangrène, la carriole, la clinique, les bras du jardinier, le chirurgien, l'amputation, sœur Emmanuelle et ses pansements : je retrouve le récit de ton enfance et de la mienne. Je ne recopie pas le nom du brillant médecin qui t'a si bien plâtrée ; il avait peut-être des excuses et sans doute des descendants…

Sur la page de gauche, comme promis, tu as ajouté ce que tu avais oublié. Que ta mère n'avait pas eu le courage d'écrire à ton père ce qui t'était arrivé, mais qu'il l'avait appris quand même, sur le front. L'oncle Paul, ton parrain, lui avait fait lire (« par mégarde ou intentionnellement ») une lettre de ta mère, où elle racontait que tu avais été amputée au tiers de la cuisse. Ton père en a été fou de rage : s'il avait été là, les choses ne se seraient pas passées ainsi ; ta mère n'avait sûrement pas réagi assez vite ; et si elle ne lui en avait rien écrit, à lui, c'était bien qu'elle se sentait coupable : « Il lui en a toujours gardé rancune. »

Douleur physique à droite, douleur morale à gauche. Et toi au milieu, sur la tranche. Opération à cœur ouvert. Pas étonnant que ta nappe phréatique, gorgée de larmes depuis l'enfance, débordât ainsi à la moindre griffure.

Tu étais la plus petite et la préférée de ce Père à majuscule qui n'a jamais droit à un papa, alors que ta mère est toujours Maman. On le retrouve plus tard, blessé par une grenade incendiaire qui lui a éclaté dans la main. « Tous ses vêtements étaient en flammes et il n'a dû son salut qu'en se jetant dans un trou d'eau » ; on l'envoie en convalescence à Bergerac. Tu n'écris pas qu'il avait reçu la Médaille militaire, la plus haute distinction que pût avoir un soldat, mieux que la

Légion d'honneur. Pourtant, tu me l'avais dit, à un détour de la conversation. Ce genre d'héroïsme ne t'intéressait pas ; à quoi ça l'avançait, une décoration ? Quand il rentra, « sa main ressemblait à une patte toute déformée, et la vie à la maison n'était pas gaie ».

Ta mère a des plaies variqueuses et doit poser son genou sur une chaise pour se déplacer. On ne se parle pas, ni à table ni ailleurs. On ne sort pas. On ne s'amuse jamais. On travaille. Sa main finira par tuer ton père, vingt ans plus tard, alors que vous cueillez des pommes à Saint-Jean, en bord de Loire, sur la route de Gennes. Maladroit, diminué, il tombe d'une échelle et se fracture la colonne vertébrale en plusieurs endroits : « Le docteur a dit qu'il n'y avait aucun remède possible. Il est resté quinze jours sur une planche recouverte d'une couverture sans rien prendre et sans pouvoir se bouger. Il est mort le 2 octobre 1938. »

Tu ne fais aucun commentaire sur cette terrible agonie. Il était très dur, mais tu ne l'écris pas. Lui en as-tu voulu qu'il en veuille ainsi à ta mère ? À propos de sa mort à elle, le 5 mai 1950, tu notes : « J'ai eu une peine immense. » Elle vivait seule avec toi, avait perdu la mémoire, fuguait à travers champs, et, par moments, ne te reconnaissait même plus. Elle avait sans doute la maladie d'Alzheimer, qu'on appelait simplement encore du gâtisme. Tu n'écris pas le mot, mais, plus tard, à la maison de retraite, tu en reconnaîtras avec inquiétude les premiers signes chez une voisine de table, qui commence à plier et déplier sa serviette, à tout petits gestes maniaques, comme tu le lui avais vu faire jadis…

« Maman partie, je pleurais tous les soirs, sans métier, sans argent, toute seule. » Elle avait réalisé ta pire terreur d'enfant, elle avait abandonné sa petite fille. Une petite fille de quarante-deux ans, ou presque, mais cela ne compte pas ; tous les orphelins sont des enfants.

La nuit, l'une ou l'autre de tes nièces venait dormir avec toi pour que tu ne restes pas toute seule chez toi. Et bientôt ma mère va arriver comme Zorro. Enfin presque.

Tu n'avais pas de métier, écris-tu, mais tu n'avais jamais arrêté de trimer depuis tes douze ans, juste après ton certificat, qui a clos le temps béni de l'école. Tu aurais aimé continuer les études pour avoir une bonne place dans un bureau, tu me l'as souvent dit, mais il n'en a jamais été question. Tu devais laver la vaisselle, coudre, entretenir des lampes (avant l'électricité), soigner la basse-cour, garder les vaches, les traire, passer le lait à l'écrémeuse ; faire le beurre, le pain, la lessive à la brosse en chiendent ; bêcher, faucher, rentrer les foins. Pour pas un rond, cela va sans dire.

Depuis que ton frère avait repris la ferme avec sa femme, à son retour de captivité, en 1945, tu t'occupais de ta mère, qu'on ne pouvait pas laisser seule, et tu gagnais des petits sous en allant laver le linge des autres à domicile dans un demi-tonneau. C'est pour cela que tu es arrivée un jour à la maison, sur ton vélo. Je n'existais pas ; je n'étais même pas inscrite au programme ; ma mère ne connaissait pas encore mon père ; elle était dans une autre histoire, où je n'avais aucune raison de figurer un jour.

Enfant, j'ignorais tout cela, de ta vie et de la mienne, mais je savais que tes parents étaient morts tous les deux, et je te plaignais beaucoup d'être une « pauvre orpheline », comme j'en trouvais à tous les coins de contes. Ce statut te rajeunissait beaucoup à mes yeux, puisque tous les orphelins de ma connaissance livresque étaient précisément des enfants. Et toi, en plus, tu n'avais pas d'enfants. Problème confus. J'ai cru l'avoir résolu le jour où maman m'a expliqué à l'aide d'un illustré comment on avait des enfants (on ne « fait » pas d'enfants « dans nos milieux » ; on ne « mange » pas, non plus, on dîne ou on déjeune). Je suis immédiatement descendue à la cuisine te faire profiter de ma science toute neuve. J'avais l'illumination : si tu n'avais pas encore d'enfants, c'est que personne ne t'avait enseigné la méthode. Tu t'es assise et tu m'as écoutée bien sagement. Je t'ai prêté *Les Mystères de la vie*, et suis remontée voir ma mère pour lui annoncer triomphalement que tu allais bientôt avoir un bébé. Elle en a été estomaquée. Presque autant que le jour où j'avais prouvé l'existence du Père Noël grâce à un piège secret à base de galettes bretonnes inventé par Henri, le jardinier des fleurs.

Tu ne racontes pas ce genre d'histoires douces ou drôles. Tu ne ralentis jamais dans les tournants de ton existence ; tu ne gardes que les pics et les pitons pointus. Tu as tenu ta vie à bras-le-corps ; tu racontes des histoires de bras et de corps. Des histoires qui ne sont pas des histoires. Ni de l'histoire, même si tu es une mutilée de la guerre de 1914, comme ton père ; même si les combats sur la Loire, en 1940, se déroulent en face chez toi, et te forcent à te cacher dans les caves troglodytiques ; même si les pires tragédies du siècle te sont livrées à domicile, elles ne sont que des péripéties. Les guerres sont des catastrophes naturelles que les femmes et les enfants doivent affronter seuls, et l'on ne sait pas ce qu'il y a de pire : quand les hommes partent ou quand ils rentrent…

Ces quarante ans de ta vie, qui précèdent ton entrée à la maison, tiennent en dix grandes pages. Pas plus. Et permets-moi de te dire qu'il y manque du monde : où est passé Karl, par exemple ? Karl, qui t'apportait une rose, chaque fois qu'il venait à la ferme ? Karl, dont le nom suffisait à allumer un sourire sur ton visage ? Karl, qui voulait t'emmener promener en ville dans sa drôle de carriole ? Disparu.

Alors ? « Tout ce que j'écris est vrai », écris-tu. Cette revendication, en sandwich entre deux paragraphes, me plaît ; elle te ressemble. Fière et têtue. Tout toi. Tu n'inventes rien, tu commentes peu, tu ne mens pas ; tu avais le mensonge en horreur. D'accord. Mais écoute cette phrase que j'ai trouvée chez Françoise Sagan, ma voisine de gauche, par ordre alphabétique, sur les rayons de la librairie du Val de Loire : « La mémoire est aussi menteuse que l'imagination, et bien plus dangereuse avec ses petits airs studieux. » Tu ne te doutais pas d'une chose pareille ; les gens n'y croient pas en général ; ils pensent que leur mémoire les trahit quand elle les quitte ; et pourtant ! Avant de lire ton journal, par exemple, j'étais persuadée que tu n'avais jamais lu le livre que je t'avais dédié. Je l'aurais juré. J'ai découvert que tu l'avais lu deux fois, et que tu m'avais même envoyé un mot à son sujet, dont je me suis souvenue soudain parce que tu en parlais…

Tu crois écrire la vérité, mais tu es loin de tout dire. Et tu sais garder les vrais secrets, tant que tu peux, pire qu'une sage-femme.

Il a fallu que j'arrive aux dernières années de tes cahiers pour découvrir cela :

« Et toujours la nuit je rêve de toutes sortes de choses, mais qui ne sont pas gaies. Ainsi voilà plusieurs jours, je rêve des enfants du château de Sainte-Radegonde ; je les vois souffrir avant de mourir et d'être séparés des parents. D'autres fois je repense à mon accident, et que mon père n'était pas là, tout ça me creuse la tête et je n'y peux rien, on dirait qu'il n'y a rien à faire. Je me demande pourquoi je rêve des choses tristes, je devrais prier, ce qui est plus gai. Je repense aussi à des choses que je garde pour moi. Et tout ça, c'est du passé, et moi je suis ici jusqu'à ma mort. »

Depuis que j'ai lu ces phrases, elles me hantent. Qui sont ces enfants de Sainte-Radegonde arrachés à leurs parents ? Tu ne m'en as jamais parlé. Ce château, à quelques centaines de mètres de La Croix, était tout près de chez toi… Quand on lit ce genre de mots, les déductions sont rapides, « point n'est besoin d'être grand clerc », comme on lit dans les vieux romans. J'ai interrogé ma mère au téléphone. Elle n'habitait pas encore la région pendant la guerre, mais elle savait qu'il y avait eu des juifs à Sainte-Radegonde, et qu'ils avaient tous été déportés. Elle avait lu dans *Le Courrier de l'Ouest* qu'on avait voulu poser une plaque à leur mémoire, mais que le conseil municipal de Chênehutte s'y était opposé : « On se demande pourquoi. Les gens sont idiots ; ils ne changeront jamais. »

Or le seul juif dont tu m'aies parlé est justement cet absent, cet homme invisible, qui n'apparaît nulle part dans tes écrits. Pourtant je me rappelle très bien avec quel éblouissement tu m'avais dit un jour : « J'ai connu un juif, mais il était allemand », comme si c'était une contradiction, puisque les Allemands n'aimaient pas les juifs. « Il s'appelait Karl, et quand il venait à la ferme, il m'apportait toujours une rose. » Tu l'avais imité, à ton habitude, s'inclinant avec un

sourire : « C'est pour fous, Mat'moissel Téréss ! »
et ton visage rayonnait. Quel autre homme
t'avait jamais offert une rose ? Il te proposait de
t'emmener avec lui dans sa carriole quand il
allait en ville, mais elle avait quelque chose
d'étrange qui te faisait rire ; j'ai oublié quoi.

Tu m'avais raconté qu'un soir, il était venu te
faire ses adieux... Je ne t'avais pas posé de questions, à l'époque ; je ne devais pas être bien
vieille, et ce mot de juif n'évoquait rien encore à
mes oreilles. Mais l'empreinte lumineuse de son
sourire sur ton visage m'avait marquée. Celle
d'un homme qui te regardait comme une femme.

Avait-il été ton amoureux, ce chevalier à la
rose ?

Quelle était l'histoire des enfants de Sainte-
Radegonde ? Et ces autres choses que tu gardais
pour toi...

Vendredi saint

On est beaucoup plus longtemps mort que vivant. Je ne sais pas à quoi rime cette phrase, qui me trotte dans la tête depuis quelques jours ; à toi, je peux bien l'écrire, mes bêtises ne t'ont jamais embêtée ! Jules César, Napoléon, Victor Hugo, par exemple, sont morts depuis beaucoup plus longtemps qu'ils n'ont été vivants ; sans compter le temps où ils n'étaient pas nés. Ha ! Et où cela nous mène ? À rien, sans doute, mais on n'est pas obligé d'aller toujours quelque part. On peut se promener.

Tu vois ces petites baguettes qu'on plante le long de la Loire, pour voir si elle monte, et à quelle vitesse ? Je pensais qu'on pouvait peut-être raconter une vie comme cela : la partie enfoncée dans le sable serait le temps d'avant notre naissance, la partie dans l'eau notre vie, et la partie dans l'air, le temps d'après notre mort. Ou alors l'enfance, l'âge adulte et la vieillesse. J'essayais de lire la graduation sur ta baguette : quarante-deux ans à la ferme, trente-sept ans à la maison, treize ans à la maison de retraite. Je suis nulle en calcul, mais à vue d'œil, ça ne donnait rien de joli, ni d'intéressant. Il fallait s'y prendre autrement : douze années d'apprentissage, jusqu'au certificat d'études, cinquante-sept de travail, et treize de repos. Les comptes s'équilibrent mieux ; on dirait un long sucre d'orge entre ses deux petites oreilles de papier doré. Ou en alphabet morse, une brève, une longue, une brève : point, trait, point. J'ai cherché, ça donne un R ; la majuscule qui tient debout en boitant d'une jambe... C'est une façon de te voir.

Ton T de Thérèse est plus chic, un simple trait, tout seul ; une vie tracée en forme de ligne, belle et droite. Si on ajoute un point derrière, comme un petit enfant, ça donne un N, comme Nanie. Nanie, c'est Thérèse avec un enfant.

Tu étais Nanie depuis ma naissance. Les grandes personnes t'appelaient Thérèse, les voisins Mademoiselle Thérèse, le facteur Mademoiselle Lecomte, mais nous : Nanie. Nos parents étaient tes patrons, mais nous étions tes filles. Tu t'occupais de tout, et de nous en plus. Tu faisais battre le cœur de la maison, circuler le sang des étages aux caves, des caves aux étages. Et notre cœur en plus. Un travail gigantesque.

Tu n'étais pas une « bonne », mot inconnu au lexique familial. Je l'ai découvert en lisant *Les Malheurs de Sophie,* un été sous les tilleuls. L'insupportable Sophie (elle coupait des poissons rouges en rondelles ; les vers de terre, encore, ça continue à bouger, mais les poissons rouges, berque !) l'employait à tout bout de champ. Et « ma bonne » par-ci, et « ma bonne » par-là. J'ai donc essayé, et ma mère m'a enguirlandée. C'était un gros mot. Très vilain. Comme aristocrate ou putain. Pareil. Digne des affreux parvenus nouveaux riches. Sophie n'était pas une petite fille modèle, ton assistante était une employée de maison, et toi, tu étais Nanie. Point final. J'imagine que ce nom venait de la *Nanny* britannique, agrémentée au beurre blanc du Maine-et-Loire. Restes de rêves chic accommodés à notre petite échelle. Tu ne risquais pas de nous apprendre l'anglais, mais cette espèce de cousinage imaginaire avec Mary Poppins t'allait bien. Ta jambe artificielle était tout aussi magique que son parapluie. Et nos chambres aussi se rangeaient par miracle.

Nanie cousine aussi avec Mamie ; entre mère et grand-mère ; tu avais presque cinquante ans quand je suis née.

Bien des fois, dans mon lit, le soir, je t'ai entendue fredonner « C'est moi la servante du châtiau qui vide les pot's, qui vide les siaux », depuis les waters, dont tu ne fermais jamais la porte. Nous habitions deux chambres voisines, au bout du couloir, et donc (ce sort nous a mystérieusement poursuivies dans toutes nos tribulations), toujours à côté des toilettes. Tu m'interdisais de reprendre ce refrain avec toi. « Voulez-vous bien vous taire ! Si vos parents entendaient ça, malheureuse ! » Il n'était destiné qu'à nos appartements privés, et je le chantais juste le temps de te laisser me faire les gros yeux, spectacle incomparable. Même si tu ne t'en vantais pas, tu faisais d'admirables grimaces.

C'était notre petit secret ; nous en avions d'autres ; surtout toi.

Je connais ma Nanie, mais pas Thérèse Lecomte, celle des cahiers.

Ton cauchemar récurrent sur les enfants juifs du château de Sainte-Radegonde, que tu revoyais morts et séparés de leurs parents, et dont tu ne m'avais jamais parlé, m'a drôlement travaillée... L'absence de Karl aussi.

Au point que ce vendredi saint, où l'Église prie pour les juifs, et où j'avais rendez-vous avec tes nièces, Yvonne et Christiane « toujours la même », j'en étais arrivée à douter de mes souvenirs : comment un homme raflé aurait-il pu avoir le temps de te dire au revoir ? S'appelait-il vraiment Karl ? Ne l'avais-je pas rêvé, comme je rêvais ma relation avec toi, dont tes cahiers portent presque aussi peu la trace ? Qui avait dénoncé les juifs ? Pas toi, bien sûr, mais vous étiez voisins... Et pourquoi se seraient-ils réfugiés dans un patelin minuscule, perdu au fond d'une cambrousse qui n'avait jamais été en zone libre ?

Il faisait un temps radieux, le vendredi saint, malgré un vent violent, et bien froid. Un vent d'est, qu'on va garder au moins jusqu'aux saints de glace, début mai, paraît-il, puisqu'il soufflait déjà le jour des Rameaux, à Pâques fleuries. Xavier, notre gentil gardien barbu, tient cette information d'André Grasset, le fermier des Rémy (maman lui faisait le catéchisme, papa l'emmenait à l'école, et il va prendre sa retraite !), et me l'a rapportée gravement sous le sceau de « parole des anciens ». Je te la livre comme telle, ça nous fait une touche d'exotisme local, à peu près aussi fiable que la météorologie nationale.

Je suis passée prendre Yvonne chez elle, à Saint-Florent, dans sa maison, jumelle de celle du frère jumeau de son mari, Emmanuel. Devant, une sublimité de camélia rouge se prend pour le buisson ardent et s'étale en toute largeur, alors que les nôtres fleurissent verticaux. Le drame du camélia, c'est que ça ne tient pas dans les vases, ai-je dit, résumant toute ma science en la matière. Yvonne et Emmanuel le savaient déjà ; on était d'accord. Avant de monter en voiture, elle m'a dit qu'elle approuvait que j'écrive sur toi, sur « les gens de rien ». J'ai bafouillé, bien sûr. Je savais très bien d'où venait cette expression, d'un cantique que j'avais entendu chanter en Bretagne, à la Toussaint qui avait suivi ta mort. Je ne pouvais pas le lui dire, ni que ma sœur Laurence, en apprenant mon idée, sans le savoir, m'avait envoyé justement le texte de ce cantique. Rien que d'en parler, j'aurais fondu en larmes, comme dans l'église de Crozon, illuminée de cierges, où, pendant qu'on faisait le lent appel des morts bretons de l'année, inconnus de moi, je n'entendais que ton nom.

Christiane loge toujours tout en haut d'un immeuble, sur les hauts de Saumur, dans un appartement très clair, avec la vue des deux côtés ; le nouvel hôpital, aussi grand que vide, a l'air d'un garage pour enfants depuis ses fenêtres. Je l'avais prévenue que j'apporterais des petits gâteaux si Yvonne n'y voyait pas d'objection, vu qu'elle était une sorte de catholique semi-professionnelle, voguant toujours de réunion en célébration, et que le vendredi saint était jour de jeûne. Yvonne avait fait savoir avec justesse que les gâteaux, ce n'était pas de la viande... Pourquoi faut-il toujours que j'en fasse trop ?

Autour de la table, nous avons dénoué l'écheveau de ton arbre généalogique. Il y avait de quoi se faire des cheveux. Car non seulement avant toi, côté paternel, tous les Lecomte s'appelaient Eugène et, côté maternel, toutes les femmes Aimée, mais à ta génération, ta sœur Aimée a épousé un Landreau, tandis que ta sœur Marie épousait, elle, un Landrault, et ton frère Eugène, la sœur de ce Landrault, qui n'avait, bien sûr, aucun lien de parenté avec son beau-frère Landreau...

Petit à petit, mon cahier s'est couvert de flèches dans tous les sens pour attacher leurs descendants à tous ces homonymes, dont les noms éclatent, Dieu merci, à partir des années soixante-dix, en bouquets d'une rafraîchissante diversité de Laetitia, Sébastien, Wilfrid, Dominique, Sophie, Morgan, Juliette, Ludwig, Nicolas, Grégory, Line, Anne-Fleur, Kilian, Amélia...

Tout cela semblait très clair à tes deux nièces, cousines germaines, nées Christiane Landrault et Yvonne Landreau. On ne fait pas plus différentes que ces deux-là. Christiane, tout en rondeur joviale, bouille ronde, yeux ronds d'un bleu très clair, cheveux magnifiques, bouclés, épais et d'un blanc lumineux, d'égale humeur joyeuse, « toujours la même », tandis qu'Yvonne la catholique est tout en minceur, verticale et menue, l'âme inquiète. Nous avons joué aux petits chevaux à longueur de dimanche avec Christiane dans la cuisine de La Perrière où elle travaillait chez « tante Marie-Claire », grande amie de ma mère, bien que divorcée et remariée, ce qui était mal vu à l'époque. Pour aggraver son cas, Mme Fleury dirigeait une cave ; elle travaillait. A-t-on idée ? Le comte Fleury, son second époux, ancien diplomate hors d'âge et complètement gâteux, après avoir rédigé des mémoires humblement intitulés *Du haut de ma falaise*, s'était enfermé dans un grand bureau d'angle, où il découpait ses éditions originales de Tolstoï avec des ciseaux à ongles.

En compagnie de Christiane, je me sens en famille, elle connaît la musique. Avec Yvonne, je n'ai jamais joué aux petits chevaux, et je ne sais jamais trop sur quel pied danser. Comme elle le disait ce jour-là, elle n'a jamais servi dans une maison, jamais été, le nom a eu du mal à franchir ses lèvres devant sa cousine qu'elle ne voulait pas insulter : « bonne », a-t-elle fini par lâcher. C'est vraiment un gros mot pour tout le monde. La complicité qui peut m'unir à Christiane, ou qui unit Christiane à maman, car elles se téléphonent souvent, lui échappe, et doit lui sembler contre nature. Yvonne a été salariée, elle a eu des patrons ; on ne copine pas avec ses patrons, on n'habite pas sous le même toit ; on ne les borde pas, ivres morts, dans leurs lits. Et puis quoi encore ? Même le vocabulaire lui semble étrange, étranger même. Quand Christiane dit, le regard illuminé : « Ce que tante Thérèse préférait, c'était mettre le couvert ! », Yvonne ne peut pas concevoir la magie de la chose ; pour elle, il s'agit d'une corvée dont on se débarrasse, pas d'un rituel qui peut prendre une demi-journée et apporter un plaisir mélangé de fierté. Les petits-enfants de Christiane ne comprennent pas davantage la façon bizarre dont leur grand-mère s'adresse aux anciennes copines de feu Mme Fleury, quand elle les croise dans la rue...

On a parlé de toi. De ta tête dure, qui vient des Lecomte ; un Lecomte a une tête qui tient à ses idées. De ton père, très dur aussi, qui ne supportait pas de voir les enfants s'amuser, ni surtout, au grand jamais, parler à table. Pourtant, il fallait voir avec quel amour tu lui préparais son casse-croûte ! De sa Médaille militaire, qu'elles ont cherchée en vain ; elle a disparu. De son atroce agonie sur une planche, qui ne fut pas silencieuse. De comment tu aimais à brosser les longs cheveux de ta mère… Que le mariage de tes parents n'avait rien à voir avec l'amour, mais avec une histoire de dette entre les Dugas, à la limite de la misère, et les Lecomte, plus riches, une affaire de bœufs. De comme tu étais dure à la tâche. À la ferme, Yvonne t'a vue piocher des terrains pierreux, et t'arrêter soudain pour lui demander de te réveiller dans dix minutes. Alors, tu t'allongeais à même le sol, et tu t'endormais raide. Sieste éclair sur la terre.

De ta solitude à la mort de ta mère… « Chez vous, tante Thérèse a trouvé une famille », m'a dit alors Yvonne ; Christiane a approuvé, racontant combien chacune de mes visites t'illuminait ; c'était une chose admise, connue et reconnue, que j'étais ta fille. Je me suis sentie libérée d'un grand poids. Comme si elles me donnaient, non pas l'approbation théorique d'Yvonne sur les « gens de rien », qui creusait un fossé terrible entre nous, mais la bénédiction que je cherchais à tâtons depuis des jours. Ta famille biologique reconnaissait ta famille adoptive ; j'étais reconnue comme ta fille par les tiens. Pas seulement par toi.

Je n'avais plus de doute, soudain. J'avais le droit de continuer à écrire ta vie, de recopier cette phrase de tes mémoires : « C'est chez eux

que j'ai passé les meilleurs moments de ma vie »,
sans avoir l'impression de t'enlever, de te voler,
puisqu'ils le savaient déjà, qu'ils le croyaient, et
qu'ils l'avaient accepté. « Tante Thérèse l'a toujours dit », a souligné Christiane.

J'étais libre d'écrire.

Alors, j'ai demandé pour les juifs de Sainte-
Radegonde.

Christiane était trop jeune, mais Yvonne, qui
avait douze ans en 1940, s'en souvenait ; ils
étaient plusieurs familles, les Abraham, les Meier
et les... ? Un autre nom en *cher* qu'elle avait
oublié. Personne ne les avait dénoncés ; ils avaient
été arrêtés parce qu'on a arrêté tous les juifs à
un moment donné. Ce n'étaient pas des réfugiés
de guerre, ils étaient là depuis quelque temps
déjà, elle n'aurait pas su dire quand, mais avant
1938, en tout cas. Elle ajouta : « On s'en méfiait,
on croyait qu'ils étaient là pour nous espion-
ner... »

Là, j'en suis restée baba.

— Pourquoi ?

— Parce qu'ils étaient allemands.

— Mais ils étaient juifs !

— Raison de plus ! Cela s'additionnait : Allemands, et juifs, en plus. Mais grand-père Lecomte,
le père de tante Thérèse, disait que c'étaient des
gens qui avaient dû fuir de chez eux, et qu'ils
avaient beaucoup souffert.

Je n'en croyais pas mes oreilles. Ni davantage
la suite bucolique du tableau de ces juifs allemands,

devenus paysans dans le Maine-et-Loire : ils atte-
laient encore des bœufs, leurs enfants cueillaient
des mûres pour faire des confitures (au pays des
fraises et des framboises !) ; ils avaient d'étranges
charrettes, découvertes, dont le banc était au
milieu mais dans le sens de la longueur, pas face à
la route ; on s'y asseyait dos à dos. C'était donc ça
qui t'amusait… J'ai lâché :

— Et Karl ?

Le visage d'Yvonne s'est illuminé :

— Ah Karl ! Il avait le crâne tout lisse, tout
rasé…

— Comme Erich von Stroheim, au cinéma ?
Yul Brynner ?

— Je ne connais pas le cinéma.

Son visage s'est refermé. Donc, il y avait bien
eu un Karl, et il avait encore ce pouvoir de faire
naître un sourire de gamine sur le visage
d'Yvonne, tant d'années plus tard… Elle n'a pas
réagi quand j'ai dit qu'il t'offrait des roses ; si ça
m'intéressait, il existait un livre sur les juifs de
Sainte-Radegonde, écrit par Franck Marchais
(ou Marché ?). La question était close.

En buvant le café et en mangeant les gâteaux,
mon dernier octroi, nous avons parlé de sujets
plus légers. De ton montauban et de ta curieuse
manie (chez toi, pourtant, on n'était pas du
genre à montrer ses fesses !) de laisser les portes
des toilettes ouvertes. Enfant, j'avais la même
habitude. Mes parents croyaient que je cherchais à t'imiter, pas du tout. Je ne pouvais quand

même pas leur avouer que je redoutais une apparition intempestive de la Sainte Vierge... Mais à tes nièces, en famille, j'ai tout raconté.

Dans les bandes dessinées sur la vie des saints, j'avais remarqué que la Sainte Vierge avait l'habitude d'apparaître à des enfants, bergers en général, quand ils étaient seuls. Je n'étais pas une bergère, mais j'étais une petite fille de la campagne, et le seul endroit où j'étais seule, c'était les toilettes. Je laissais la porte ouverte pour filer en cas d'apparition ; je pourrais toujours prétendre n'avoir rien vu ! Sans cela, l'engrenage était fatal : il me faudrait convaincre mes parents de construire une basilique dans le jardin, et ils ne voudraient jamais. D'abord, ils ne me croiraient pas (on ne croyait jamais les enfants qui avaient vu la Sainte Vierge) et ensuite j'aurais plein d'embêtements avant de finir sainte. Le mieux était de fuir avant que les ennuis commencent ; si je mettais le verrou, je n'avais aucune chance... Toujours, dans mes prières, j'ai demandé à la Sainte Vierge de ne pas m'apparaître, et jusqu'à présent, elle m'a toujours exaucée.

Cette histoire, très édifiante pour un vendredi saint, a fait rigoler Christiane — et sans doute inquiété davantage l'inquiète Yvonne, que j'ai raccompagnée devant sa maison philippine au gros camélia rouge.

Avant d'aller chercher ma mère à la gare, j'ai eu le temps de passer par la librairie.

Aucune trace d'un livre de Franck Marchais ni Marché ; rien sur les juifs de Sainte-Radegonde, à peine un paragraphe dans les mémoires d'un journaliste, résistant local, où il demande à son rédacteur en chef, au début de la guerre, de faire disparaître des archives l'article qu'il avait écrit sur eux. Pour que les Allemands perdent leurs traces. Et moi aussi, du coup.

Le vendredi saint est jour de sacrifice, mais je retrouverai ton Karl, ma Nanie, je connaîtrai l'éclat de son sourire. Moi aussi, j'ai la tête dure.

C'est mon côté Lecomte.

Sainte-Radegonde

Après le vendredi saint, vint naturellement le samedi saint. Gris, froid, humide, bizarre. Jour étrange, où Dieu dort dans la mort et le silence des cloches. Un jour d'attente, même pour les œufs en chocolat, qu'on planque toujours, comme de ton temps, sous l'escalier, dans le placard aux bottes.

En retrouvant ma vieille carte d'abonnée à la bibliothèque de Saumur, qui datait du lycée, pour partir à la recherche de Karl, je me suis fait l'effet de jouer dans l'une de tes chères séries policières. Tu sais, quand le type court sur une fausse piste, pendant que la fille va fouiller les archives, et se fait livrer des piles de gros bouquins... La bibliothèque municipale serait assez lumineuse pour être filmée sans éclairage, en vidéo, et ses rayons sont aussi accessibles qu'aux États-Unis. On peut prendre et feuilleter des centaines de livres costauds et bien vivants. Un vrai plaisir monacal.

Il n'y avait pas grand monde, en cette veille de

fête. Personne ne m'a demandé ma carte périmée. J'ai pu farfouiller, voler de chapitre en chapitre, pendant qu'une jeune documentaliste explorait les fichiers de son ordinateur à la recherche de Franck Marchais (ou Marché ?) et d'éléments sur les juifs dans la région pendant la Seconde Guerre mondiale. Dans tes feuilletons, après avoir chaussé des lunettes d'écaille et plissé le front, la fille trouve toujours la clef de l'énigme, glissée entre deux pages, juste au moment où elle allait refermer le dernier volume. Malgré mon front plissé et mes lunettes, j'ai le regret de te dire que je ne suis pas une héroïne américaine, ma pauvre Nanie. Nous n'avons rien trouvé. Rien de rien.

Quand je suis sortie, il pleuvait et je ne savais plus trop quelle heure il était, comme il arrive souvent quand on a trop lu. Le petit gamin, qui m'avait très poliment indiqué l'entrée, clopant et buvant de la bière comme un Gavroche, avait disparu avec sa joyeuse bande de petits durs à la gomme. Envolés des escaliers. Dommage, j'aurais pu leur montrer la salle pleine de bandes dessinées avec de grandes banquettes pour se vautrer ; ce volatil désir pédagogique a surgi de leur absence, sans doute… Il faisait frisquet, ce fameux vent d'est, et je n'avais même pas l'imperméable de Columbo.

Sur la route, sous la pluie, toujours perdue dans mes idées de feuilleton, derrière le sinistre swing des essuie-glaces, j'ai résolu de me rendre sur les lieux du crime, et de pousser jusqu'à Sainte-Radegonde. Qu'est-ce que je risquais ?

Enfant, j'entendais ce nom au masculin, comme un grondement de tonnerre gothique : Saint Tradegonde, comme Burgonde, Brunehaut, Gontran ; et j'imaginais ce château, tout en haut du coteau, plein de fantômes... En vrai, je venais de le lire, sainte Radegonde était l'épouse de Clotaire, le fils cruel et sanguinaire de Clovis ; pas trop décevant, dans le genre terrifiant.

Adolescente, je m'y étais rendue plusieurs fois, mais toujours la nuit, pour garder les enfants adoptés dans des pays lointains par un couple charmant. Je n'étais pas la reine des baby-sitters (avoir tapé pendant des années sur ma sœur ne pouvait guère constituer une référence), mais ils ne le savaient pas ; j'avais l'âge, une mobylette, et j'habitais tout près. Le petit dernier, de passage, rescapé d'un tremblement de terre, se refusait à dormir dans un lit, pour coucher sur le tapis. Je me souvenais lui avoir parlé longtemps, comme à Radis Rose, solitaire dans sa nouvelle écurie. Lui aussi avait fini par s'endormir.

Comment s'appelaient-ils ? Romieu, je crois. Le père était ingénieur. Mais ils n'habitaient plus la région depuis longtemps... Le domaine avait été vendu. Qui étaient les actuels propriétaires ? Mystère. Je n'avais même pas demandé à ma mère ; si on avait été brouillés, je l'aurais su. Et pourquoi l'aurions-nous été, d'ailleurs ? N'empêche que je ne les connaissais pas.

En montant la côte de La Croix, et passant devant chez toi (où l'on construit des maisonnettes bien moches, ma pauvre, si tu voyais !) je trouvais étrange que mes seuls liens avec Sainte-Radegonde soient placés sous le signe de fantômes et d'enfants réfugiés. Un signe ? De quoi ? La pluie redoublait, le chemin hésitait, et je me demandais si j'arriverais à trouver l'entrée de ce château qui domine le coteau de son large visage pâle. On le voit très bien de la route en bas, le long de la Loire, mais là-haut, il se cache dans les bois.

Le terme de château, dans ce pays où ils ont poussé dans tous les coins, majestueux et dansants, semble, en proportion, un peu excessif quand on arrive ; ni tours ni douves, deux ailes en angle droit, une cour. Renaissance, revue et corrigée. Très corrigée.

La pluie, le vent et personne. Pas de cloche à la grille ouverte. Pas de sonnette aux portes. Une voiture pourtant, et, derrière, dans le jardin, la pétarade d'un moteur Diesel. Un jardinier, un gardien ? Le beau Heathcliff des *Hauts de Hurlevent* ?

J'ai avancé, courbée d'avance, prête à toutes les excuses.

Sur un mini-tracteur, une petite dame à cheveux gris ; je commençais des salamalecs pour me présenter, mais elle a coupé le contact, et s'est précipitée vers moi avec un grand sourire :

— Comme c'est gentil à vous d'être venue !

Me prenait-elle pour quelqu'un d'autre ? Non, apparemment, elle savait très bien qui j'étais ! J'oublie toujours que je suis du pays et que j'ai fait de la télévision. Mais je ne savais toujours pas à qui j'avais affaire, ce qu'elle ne pouvait évidemment pas imaginer. Et il est assez délicat de demander leur nom à des hôtes, surtout quand ils ont l'air si touchés qu'on vienne les voir… Elle m'a fait signe de la suivre, et a couru vers la porte en criant : « Gaston, Gaston ! » Sur le seuil, un petit chien m'a sauté dans les bras ; voulant participer au climat de bonne humeur générale et me faire bien voir, je lui ai lancé un joyeux : « Salut, Gaston ! »

Erreur, Gaston, c'était le monsieur en robe de chambre et à cheveux gris, debout au coin du feu, derrière le chien ; le mari de la petite dame.

Je savais que ça allait te faire rire, mais sur le moment, j'étais un peu emberlificotée ; je commençais à les accumuler.

Dieu merci, Gaston est un homme très bien élevé ; il a eu l'air de trouver très normal que je l'aie salué de façon aussi cavalière en embrassant son chien, et que j'aie déboulé chez lui sans prévenir : si j'avais téléphoné, malgré sa grippe, il se serait cru obligé de s'habiller pour me recevoir, tandis que là, il pouvait rester en pyjama dans son salon… Cela ne me dérangeait pas, au moins ?

Le jovial Gaston m'a installée loin de ses microbes, sur un canapé habité par un chat angora partageur. Mme Gaston s'est assise dans un fauteuil à ma gauche. Dès que j'ai commencé à parler, l'œil de Gaston s'est allumé. S'il connaissait l'histoire des juifs de Sainte-Radegonde ? Mais tout ce qui concernait sa maison le passionnait ! Il faudrait que je l'interrompe ! Ils avaient même érigé avec leurs descendants, enfin si l'on pouvait dire, les malheureux, une stèle à leur mémoire dans le jardin. À l'initiative de Franck Marché (pas Marchais) qui, un beau jour, comme moi, avait déboulé dans la cour sans prévenir (ils doivent croire qu'il s'agit d'une coutume locale !) pour mener l'enquête. Cet instituteur à la retraite, petit-fils d'un boulanger de la rue Saint-Nicolas, à Saumur, avait perdu sa mère tout petit, disparue pendant la guerre ; il avait toujours cru qu'elle était russe, mais il s'était aperçu, fort tard, en classant des vieux papiers, qu'elle était surtout juive. Personne ne le lui avait jamais dit. Depuis, en espèce de réparation, avec l'ardeur des néophytes, si l'on pouvait utiliser ce terme, il consacrait sa vie à retracer l'histoire des juifs dans le Maine-et-Loire. Il voulait en faire un livre que je ne risquais pas de trouver, puisqu'il n'était pas encore publié. Le mieux serait que Gaston me donne tous les documents… Il avait même un DVD sur l'inauguration de la plaque. Ou que je lui pose des questions ? Surtout que je n'hésite pas à le relancer, il était fort disert, mais n'aimait pas soliloquer dans le vide. J'ai sorti mon grand cahier, dans le genre des tiens.

Les juifs de Sainte-Radegonde, s'ils avaient fui le nazisme, étaient arrivés bien avant la guerre, au début des années trente où un médecin de Strasbourg, le docteur Weill, avait acheté le domaine de Sainte-Radegonde, qui comprenait plusieurs fermes, pour y loger trois familles juives allemandes toutes apparentées, les Abraham, les Meier, les Grumbacher, et une de leurs belles-sœurs Rothschild, suisse, veuve avec ses trois enfants. (La malheureuse, si elle était restée en Suisse, quand on y pense, enfin !) À l'époque, la propriété était abandonnée depuis sept ans, et les voisins, sous prétexte d'entretien, s'étaient un peu étalés dessus ; il y avait eu quelques légers problèmes de bornage au départ...

Ces juifs cultivateurs étaient très pauvres et travaillaient très dur, mais en ville on les croyait riches puisqu'ils étaient juifs. Imagine-t-on un Rothschild pauvre ? Quand ils allaient chercher des paquets de vêtements à la gare, envoyés par solidarité, les gens pensaient qu'ils allaient ramasser des fortunes. En plus, ils étaient allemands, ce qui était bien pire ! Cela s'additionnait, en effet. Au départ, d'ailleurs, ils ne parlaient pas du tout français, mais allaient l'apprendre grâce à leurs enfants, qui fréquentaient l'école de Chênehutte.

De là à les prendre pour des espions... La cinquième colonne ? J'interrompis Gaston, qui bondit de son fauteuil et m'entraîna devant le linteau de sa porte. « À cause de ça ! » me dit-il en désignant la *mésousa* qu'on lui avait offerte. À l'étonnement de Gaston, je savais très bien ce qu'étaient ces petits étuis cylindriques contenant des versets de la Bible accrochés, en forme de bénédiction, aux portes des maisons juives ; d'ailleurs si un rabbin voyait la sienne, il l'engueulerait car elle était bien droite, alors qu'une *mésousa* devait toujours être posée légèrement de travers. Gaston me répliqua qu'il expliquerait au rabbin, et à moi au passage, qu'en tant que scientifique, il savait que rien sur la terre n'était parfaitement vertical, sa *mésousa* pas plus que le reste, en dépit des apparences.

Bref, les juifs de Sainte-Radegonde, très pieux, avaient posé des *mésousas* sur les portes de toutes leurs fermes, et les autorités en avaient déduit qu'il s'agissait de caches contenant des messages secrets et codés — puisqu'ils étaient en hébreu… Leur éolienne paraissait fort louche aussi. Un jour, les gendarmes étaient même venus perquisitionner. Ils avaient fait chou blanc.

Allemands, à une époque où l'on coffrait les Allemands en France, avant la guerre, et juifs pendant, quand on y coffrait les juifs, les pauvres n'avaient vraiment pas eu de chance… Tous ceux qui habitaient Sainte-Radegonde avaient été ramassés en 1942 et étaient morts en camp de concentration. Femmes, enfants, grands-parents, tous. Une quinzaine de personnes. Seuls deux absents avaient survécu : un fils Rothschild, parti effectuer son service militaire en Suisse, et

Maurice Meier, qui, obéissant à une convocation antérieure, s'était retrouvé dans un camp des Pyrénées, en zone libre, d'où il avait réussi à s'échapper. Devenu sourd, il émigra à New York, où il finit par épouser une aveugle ! Gaston avait correspondu avec lui ; un type charmant, très gai, qui était mort centenaire il y avait quelques années. Mais pour ton Karl, il ne savait pas ; son nom ne figurait pas sur la stèle ; il ne lui disait rien ; je le trouverais sans doute dans ses papiers...

Pendant que Gaston cherchait les documents dans son bureau, sa femme, Odile, m'emmena visiter la terrasse. Où l'on se retrouve en plein ciel, comme sur une falaise au bord de la mer. Tout autour, un magnifique panorama circulaire : Saumur, Chinon, la Loire avec l'île aux vaches, les Rosiers... Je devinais à peine notre maison, cachée sous la tache ronde et verte du grand sapin, à flanc de coteau, quand des éclairs nous claquèrent sous les yeux, donnant soudain un aspect dramatique à ce paysage pourtant si peu doué pour l'être.

Sainte-Radegonde n'est pas faite pour se cacher ; ce n'est pas un abri, c'est une cible, un point de mire. Tu peux voir partout. Donc tout le monde te voit. Si tu vois la caméra, la caméra te voit ; on dit ça sur les plateaux de télévision.

Gaston et Odile m'ont fait promettre de revenir, pour visiter la crypte du XIIe siècle, examiner la stèle et discuter de tous les fils qui nous liaient et qu'ils avaient mis au jour, qu'Odile avait une grand-tante Foucher, parente du chocolatier, grand-oncle de ma mère, qu'elle était la belle-sœur de ses amis Hartman, que Gaston le scientifique avait travaillé des années dans le même bureau que le père scientifique et lunaire de mon ami Bonaldi, et que...

Il fallait que je rentre dîner ; la maison était pleine. J'ai bien fait rire mes neveux, en racontant l'histoire du chien à qui j'avais dit « salut, Gaston ».

— C'est pas un nom de chien Gaston, enfin !

— Et Gertrude, alors ?

— C'est toi qui l'as baptisée ! Il n'y a que toi pour donner des noms de gens aux animaux.

Pauvre Gertrude, qui boite des quatre pattes... Leur dernier matou éphémère s'appelle Lichat. Ils l'ont apporté, régnant et ronronnant, au grand scandale de Jaja, qui boudait, planquée dans ma chambre. Elle, pourtant, ne porte pas un nom d'humain ! Mais ils l'ont illico disqualifiée : Jaja n'était pas un chat, c'était une erreur de la nature...

J'ai raconté mon enquête, par bribes, et maman, qui a de la suite dans les idées, m'a demandé pourquoi la mairie de Chênehutte avait refusé de poser cette plaque à la mémoire des juifs sur le monument aux morts. Parce qu'il y avait écrit dessus : « Morts pour la France », et que les juifs de Sainte-Radegonde n'étaient pas morts pour la France, m'avait expliqué Gaston, qui, du coup, avait érigé une stèle chez lui. Question de sémantique ; ils étaient morts par la France… « Sémantique, tu parles », a conclu ma sainte mère, à qui on ne la fait pas.

Dans le fracas de la conversation générale, j'ai demandé à Laurence si le nom de Karl lui disait quelque chose ; elle se souvenait, comme moi, de ton sourire ; elle a cligné de l'œil : « Avec Karl, il y avait anguille… »

Ensuite nous sommes allés à l'église de Bagneux, à côté de la clinique de ton enfance ; on a allumé des cierges sur le parvis et Jésus est ressuscité des morts. Dans la nuit, les cloches sonnaient comme une libération.

L'orage était passé.

Le lendemain, les œufs de Pâques ont quitté le placard aux bottes sous l'escalier pour se cacher dans le jardin, où ils furent découverts. Mme Giraud, la généralesse, vint déjeuner d'un gigot d'agneau dans une joyeuse cacophonie ; elle aussi eut droit à un œuf, en plus de son Chivas apéritif et de ses petits cigares digestifs, que je continue à lui offrir en souvenir de papa, mais qui doivent être plus vieux encore que le whisky, et secs comme des brindilles d'été. En contrepartie, la généralesse a la gentillesse de ne pas vieillir trop vite.

Lundi, j'attendis qu'ils fussent tous repartis pour repartir, moi, sur les traces de ton Karl, dans la documentation de Gaston. (Odile et lui s'appellent Mallet.)

J'ai plongé dans les mémoires de Maurice Meier, le centenaire, parus en Amérique sous le titre *Refuge*.

Il y aurait de quoi faire douze films avec son histoire.

Je vais te la raconter ; on a tout notre temps.

Surtout que nous allons y croiser son beau-frère : Karl.

Maurice

Il était né Moritz Meier, mais dans ses mémoires, écrits en anglais à l'usage des Américains, il orthographie son prénom à la française : Maurice, façon Chevalier, le canotier sur l'oreille. Pourtant la France ne lui avait guère laissé de meilleurs souvenirs que son « père patrie », comme on dit dans son Allemagne natale...

Son histoire commence donc dans une petite ville allemande, proche de la frontière suisse : Tiengen. La Forêt-Noire dans le dos, le Rhin à ses pieds, et les Alpes à l'horizon, Maurice élève une vingtaine de vaches, tandis que sa femme Martha s'occupe du potager en chantant d'une voix divine. Ils ont deux enfants : Ernst et la petite Ilse. Le samedi matin, comme tous les juifs de la petite communauté locale, il met un chapeau haut de forme en soie pour se rendre à la synagogue, ce dont les autres habitants de Tiengen ont l'habitude, même s'ils portent plutôt des chapeaux à plumes.

Soudain, au printemps 1933, cette atmosphère

d'opérette va se gâter. Maurice a juste quarante ans quand Tiengen se retrouve envahie par une troupe de chemises brunes, qui flanquent des croix gammées partout, insultent les juifs et font une retape bruyante pour le parti nazi. Ses amis non juifs viennent soutenir Maurice contre ces brutes arrogantes et mal élevées, y compris un camarade de régiment avec toutes ses décorations ; ancien combattant de 1914-1918, Maurice aussi a la croix de fer.

Mais la pression continue à monter ; les nazis paradent en fanfare tous les matins dans la rue, font des retraites aux flambeaux tous les soirs, et entre-temps vont boire des bières à la taverne où ils braillent leur hymne favori : « Quand le sang juif jaillira du couteau, tout ira bien » ; Maurice les entend depuis ses fenêtres.

La petite Ilse tombe malade et ne veut plus quitter le lit de ses parents. Ernst se fait casser la gueule à l'école par ses camarades, sur ordre de l'instituteur ; le directeur s'excuse, mais n'y peut rien : l'instituteur est devenu une huile du parti nazi. Le pasteur, qui protestait que Jésus-Christ était plus fort qu'Adolf Hitler, manque d'être lynché, avant d'être envoyé en « rééducation » à Dachau. Maurice reçoit des menaces anonymes au téléphone. Une nuit qu'elles se font plus précises, il part pour la Suisse, où vit sa belle-sœur. Sa femme et ses enfants l'y rejoignent.

Se plaint-il, Maurice ? Même pas. Il dit qu'il a de la chance : il a un peu d'argent de côté, et son beau-père va réussir à vendre la ferme. Depuis un moment, avec Martha, ils s'étaient résolus à émigrer ; leur départ a juste été un peu précipité. Ils ont décidé de s'installer en France. Une partie de la famille de Martha est alsacienne, dont le docteur Weill, médecin strasbourgeois, à qui Maurice demande de l'aide. Ils ont choisi la France, mais surtout pas l'Alsace : Martha veut habiter le plus loin possible de la frontière allemande et de ses nazis…

Après s'être renseigné auprès du ministère de l'Agriculture sur l'état et la variété des sols dans différents départements français, le méthodique Maurice fait le tour du pays en voiture, avec Martha et une parente du docteur Weill en guise d'interprète, à la recherche d'un point d'ancrage. Ils découvrent, dans la commune de Chêne-hutte-les-Tuffeaux, à sept kilomètres de Saumur, dominant la Loire, sur une « éminence modérée », un petit château appelé Sainte-Radegonde. À vendre avec ses fermes autour, au bout d'une route envahie par les roses sauvages, au milieu de champs abandonnés depuis longtemps.

Maurice ne regarde pas le paysage en poète, mais en agriculteur : défrichage, construction de granges, réparation des écuries… Beaucoup de travail en perspective, mais cela ne lui fait pas peur, il a l'habitude, la terre est fertile, et la maison assez grande pour caser toute la famille de Martha ainsi que les générations futures. Un jour viendra où le domaine sera rentable.

D'Alsace, le docteur Weill donne un coup de main financier. Maurice et Martha arrivent les premiers avec leurs deux enfants, et les vieux parents de Martha : Albert et Lina Abraham. Puis arrivent un frère de Martha, Gustave, avec sa femme Erny et leur fille Marion ; puis une sœur de Martha, Fanny Grumbacher, veuve, avec ses trois filles : Rita, Gerty et Sedy ; puis son autre sœur, suisse, Selma Rothschild, veuve aussi, avec aussi trois enfants : Julia, Hans et Fritz, et enfin, en dernier ma Nanie, ton héros, le frère célibataire de Martha : Karl. Un célibataire, dis donc... Le troisième homme, car on manquait singulièrement de bras d'hommes dans cette entreprise. Il s'appelait donc Karl Abraham.

À la fin 1934, ils sont dix-huit à Sainte-Rade-gonde : deux ancêtres, sept adultes et neuf enfants. Maurice joue avec joie les pères pour tous ses neveux orphelins. Avec ses deux beaux-frères, Gustave et ton Karl, il construit des étables et défriche. « On travaillait de l'aube à la nuit, mais c'était une vie heureuse, qui ne laissait pas un moment pour la nostalgie. » Les enfants vont à l'école du village où ils apprennent le français, et se font de nouveaux amis. Tous les vendredis soir, chacun se fait beau pour le shabbat, et défile, un par un, selon une vieille coutume, devant les grands-parents Abraham, « le patriarche et la mère de la tribu », la tête baissée, pour recevoir leur bénédiction. Ensuite, avec les invités, on n'est jamais moins de vingt à table. On prie et on chante.

Grand bémol à cette nouvelle opérette, le malentendu :

« Le shabbat, écrit Maurice, nous faisait oublier les soucis et l'amertume de la semaine. Car beaucoup d'officiels nous considéraient comme des Allemands indésirables, et nous traitaient du nom odieux de "Boches". Personne ne pensait que nous étions des juifs persécutés. Pourtant les instituteurs des enfants, le prêtre local et nos voisins étaient gentils avec nous ; ils nous rendaient visite et nous encourageaient. » Parmi eux, ton père, Nanie, d'après ce que m'a raconté Yvonne.

Martha enseigne aux enfants *La Marseillaise* qu'on joue en l'honneur du curé et des instituteurs. Elle chante aussi l'*Ave Maria* de Schubert à Saumur, en s'accompagnant au piano ; elle est bissée. Dès lors, elle donne des leçons de musique, ce qui fait rentrer un peu d'argent, et une fois par semaine, on instaure une soirée musicale avec les gens du coin. Les cousins d'Alsace font sept cents kilomètres pour venir célébrer les fêtes de Pâques avec le Dr Weill ; la ferme prospère, veaux, vaches, couvées se multiplient. Moutons et cochons. Le tableau devient aussi idyllique qu'à Tiengen...

Et soudain, en août 1939, Karl, Gustave et Maurice, les trois beaux-frères, sont convoqués à Angers sur ordre du préfet. Maurice pense que c'est pour y être incorporé dans l'armée française, car il en avait fait la demande auprès du maire de Chênehutte, par reconnaissance envers son pays d'accueil. Stupeur : on les considère, au contraire, comme des espions ennemis : d'origine allemande, ils sont soupçonnés d'appartenir à la cinquième colonne, c'est-à-dire d'être « les agents de ceux qui avaient rendu notre vie au pays intolérable ! » s'exclame Maurice, qui n'en revient pas.

On les enferme au camp militaire du Ruchard, près d'Azay-le-Rideau, dans des écuries abandonnées parmi quelque trois cents prisonniers, juifs pour les deux tiers. Sainte-Radegonde est classée « bien de l'ennemi ». Les citoyens français sont libérés en premier, les Allemands en dernier. En tant qu'agriculteur, Maurice aurait dû être relâché tout de suite, mais on a perdu son dossier... On le délivre le 1er janvier 1940, après cinq mois d'emprisonnement. Il rentre chez lui à quatre heures du matin, accueilli, comme Ulysse, par la danse de ses chiens. Mais désormais, il ne se sentira plus jamais tranquille. Sous les yeux de Martha, qui sanglote, il se prépare un baluchon avec la Bible, le *Kuzari* de Jéhuda Halévy, un manuel d'agriculture, un nécessaire à coudre, une trousse de toilette, beaucoup de papier et des crayons. Pour être prêt, la prochaine fois.

En mai 1940, à l'aube, alors qu'il sort traire ses vaches, Maurice se retrouve nez à nez avec un gendarme. Sainte-Radegonde est encerclée par les gendarmes qui vont fouiller pendant des heures, des caves au grenier. Ils cherchent un émetteur radio, et trouvent des objets suspects : les fameuses *mésousas* qu'ils prennent pour des boîtes aux lettres secrètes, contenant des messages codés… L'accusation tombe grâce au témoignage d'un ouvrier agricole ; les gendarmes partent. Reste le brigadier qui a gardé le meilleur pour la fin : tous les étrangers de dix-huit ans et plus doivent être internés, par ordre du ministère de l'Intérieur. Donc Maurice, Gustave et Karl.

D'après Maurice, le brigadier leur a laissé un peu de temps pour faire leurs bagages. C'est ce jour-là sans doute, que Karl t'aura dit au revoir, ma Nanie.

Retour au camp du Ruchard. Ils ne savent presque rien de la guerre ; en juin, on leur annonce l'armistice. Toujours prisonniers, leurs papiers confisqués, ils se retrouvent à Poitiers, où ils travaillent dans une ferme. « Karl était toujours volontaire pour les travaux les plus durs et les plus désagréables », écrit Maurice. En route vers Limoges, ils apprennent qu'il y a eu une bataille et des bombardements à Saumur.

Puis, enfin, des nouvelles : la famille a survécu aux combats de la Loire en se cachant trois jours et trois nuits dans la chapelle souterraine du château, dédiée à sainte Radegonde, et Martha a accueilli trente personnes pendant l'exode : « Je n'aurais jamais pensé qu'un temps viendrait où nous, qui étions venus chercher asile en France, donnerions l'hospitalité à des réfugiés qui étaient eux-mêmes citoyens français », commente Maurice.

Située en zone occupée, la ferme est à nouveau séquestrée, mais en tant que « propriété juive », cette fois. Maurice écrit à sa famille de partir pour la zone libre à la première occasion : « Je sentais que l'armistice de la guerre contre les Allemands sonnait le début de la guerre contre les juifs. » Il n'a pas tort. À Sainte-Radegonde, la Gestapo le recherche comme déserteur de l'armée allemande ; même s'il le pouvait, il lui serait désormais impossible de rentrer.

On lui propose de faux papiers. Avec sa conscience en diamant pur, il refuse : un faux nom ne peut lui donner une vraie liberté.

En octobre 1940, les trois beaux-frères sont transférés au camp de Gurs, horreur boueuse pleine de rats, où règne la dysenterie dans des baraques en bois. Au-dessus de ce merdier, Maurice lève les yeux et se laisse bouleverser par la beauté des Pyrénées ; les montagnes, symbole de liberté, aimantent son regard, et sa foi le soutient. Un jour la vérité l'emportera sur le mensonge, il en est sûr, comme de la présence de Dieu à ses côtés. Mais en attendant…

Au camp, il découvre des « abysses de dépravation » côtoyant la plus grande vertu. Des médecins sans moyens arrivent à faire des miracles, dont un (unijambiste !), l'infatigable docteur Adler, qui essaie de combattre l'infection des sinus qui terrasse Maurice — autant que l'incompréhension : « Aucun d'entre nous ne pouvait comprendre comment la France, cette nation à qui le monde civilisé devait tant, pouvait traiter si mal les juifs, spécialement ceux qui y résidaient depuis longtemps et avaient versé leur sang pour elle. Nous étions en zone libre, mais si une commission allemande était venue à Gurs et avait vu comment les juifs y souffraient et y mouraient par paquets, nos geôliers français auraient reçu les souriantes félicitations de leur envahisseur. »

Un certain M. Émile lui dit que seul de Gaulle sauvera les juifs, et lui permet d'acheminer de vraies lettres à Sainte-Radegonde par la poste clandestine. Jusqu'alors, comme tout le monde, il remplissait les blancs de cartes préimprimées. Dès lors, il ne cessera plus d'écrire.

Hiver 41, nouvelle infection des sinus. Maurice perd une grande partie de son ouïe, et souffre atrocement. Il a la fièvre et rêve que des anges l'emmènent au ciel en chantant, accompagnés par Martha au piano. Il se réveille à l'hôpital de Pau : l'ange est une religieuse suisse allemande, sœur Marie Marguerite. Un autre gaulliste lui propose de s'évader. Maurice refuse : il ne veut pas faire courir davantage de risques à sa famille ; il faut qu'il ait légalement le droit de partir. La mère supérieure s'y met. L'aumônier de l'hôpital aussi. Tout le monde écrit partout. Maurice multiplie les démarches. Il rencontre une flopée d'emmerdeurs sadiques à formulaires, et parfois aussi des types qui lui rendent service gratuitement.

Dans chacune de ses lettres, Maurice supplie Martha de venir le rejoindre en zone libre, mais comment faire, lui répond-elle, avec ses vieux parents, ses sœurs, ses enfants, et tous ses neveux ?

À force de paperasses, Maurice gagne le droit de s'installer, sous surveillance, comme agriculteur dans le Gard. La mère supérieure lui donne des fruits secs, et sœur Marie Marguerite sa bénédiction.

Karl et Gustave restent au camp de Gurs. Maurice se retrouve à Nîmes. Avec une recommandation du curé de l'hôpital pour un de ses confrères, qui lui indique une fleuriste du marché : « Dites-lui : Je préfère les fleurs des champs. » Moyennant quoi, elle se chargera de son courrier pour la zone occupée. Quelques jours après, Maurice reçoit une réponse de Martha dans un bouquet. Tout en cherchant une terre à cultiver, il pratique le deuxième métier que son père l'avait forcé à apprendre : la fabrication de semelles orthopédiques. À partir de chutes de chapeaux et de pneus de voitures... Ça marche !

L'autre grande activité de Maurice consiste à faire tamponner ses papiers, de la préfecture à la gendarmerie, et retour. Il veut être en règle. Quand il trouve enfin un petit bout de terre à louer, il achète une mule et trois chèvres, pour nourrir sa famille quand elle viendra. Les lettres de Martha lui apprennent que tous les chevaux de Sainte-Radegonde ont été confisqués. Femmes et enfants doivent abattre des arbres et couper du bois pour fournir les dix cordes de bois exigées par les Allemands. Il soupçonne Martha de lui cacher le pire, comme il lui a caché qu'il était en train de devenir sourd. Il écrit à son beau-père de le lui apprendre en douceur, et pleure de solitude, dans son potager, dévoré de mélancolie à l'idée qu'il n'entendra plus jamais les voix aimées. Il s'endort en lisant ses psaumes préférés ; ses chèvres le réveillent, en lui reniflant les cheveux.

À Sainte-Radegonde, on porte désormais l'étoile jaune, début juin 1942, mais on continue à prendre le bus pour Saumur malgré l'interdiction, sans problème. La population manque de coopération, note Martha, et un passant a accroché son ruban de Légion d'honneur sur l'étoile de Rita, qui gardait ses moutons le long de la Loire.

Maurice écrit à son fils Ernst, qui a seize ans, pour le supplier de convaincre sa mère que le risque de traverser illégalement la ligne de démarcation n'est rien en comparaison de celui qu'ils courent en restant. Il continue à préparer leur arrivée, et achète des couvertures ; un paysan, qu'il a sauvé d'une sciatique en arrangeant ses semelles, lui propose des cachettes pour les neuf enfants de Sainte-Radegonde.

Mais dans ses lettres, Martha lui répond toujours que le voyage serait impossible pour ses vieux parents ; que Sainte-Radegonde est sous l'observation permanente des troupes allemandes ; que son inquiétude excessive détruit les nerfs de Maurice ; que le danger est dans les grandes villes, mais pas dans les campagnes ; que les Allemands ont trop besoin des produits de la ferme pour les embêter davantage... Que et que...

Et cette carte postale, datée du 18 juillet 1942 : « Mon cher, bon mari, ne sois pas triste si je t'écris que mercredi à minuit et demi, nous avons tous été arrêtés ; seuls mes parents et Erny, qui est malade, ont été laissés à la maison. Nous sommes dans un camp à Angers d'où nous allons être envoyés Dieu sait où. Nous avons eu une heure pour faire nos bagages. Que Dieu nous garde et nous réunisse. Tous les juifs ont été embarqués. Un baiser de ta femme courageuse. »

Le lendemain, Maurice a du mal à croire que le soleil puisse continuer à briller. Par la marchande de fleurs, il recevra ensuite une photo de Martha avec ces mots : « Doucement dans la nuit, mes pensées volent vers toi. » Ensuite, plus rien.

Maurice passe des nuits à tourner des phrases de réconfort pour soutenir les vieux parents de Martha. Inutiles. Un ancien employé français, pas mobilisé à cause d'une infirmité, lui écrit peu après : « Père et Mère Abraham ainsi qu'Erny ont été déportés. Ils m'ont demandé de vous transmettre leur bénédiction, et de vous dire que, quoi qu'il arrive, vous ne devez pas perdre votre foi que l'Éternel est notre Dieu. »

Maurice fuit à Limoges. La ville est pleine de réfugiés juifs. Les sinus à nouveau infectés jusqu'aux oreilles, il se retrouve à l'hôpital, dans une chambre à l'écart. Le médecin le protège, mais il va perdre l'ouïe complètement. Fugitif, sans abri et sourd ! Que fait Maurice ? Il va à la bibliothèque étudier la question de la surdité. Il y retrouve un camarade de Gurs, Nathan, qui veut s'échapper en Suisse. Bonne idée. C'est le nouvel espoir de Maurice : il réunira sa famille là-bas, au-delà des Alpes.

Il rejoint un groupe qui doit traverser la frontière de nuit. Le passeur émet un signal sonore, de temps en temps, pour les guider. Maurice n'entend rien. Il perd les autres, et finit par se coucher sous un arbre, dans les frondaisons. Quand il se réveille, il découvre des cadavres : ils ont tous été massacrés. Maurice n'a rien entendu : « C'est la seule fois où j'ai été reconnaissant à ma surdité, elle m'a épargné de prendre conscience de l'horreur autour de moi. »

À la gare voisine, il se glisse dans un train pour échapper à un barrage. Un mécanicien et un pompier, après lui avoir indiqué un meilleur chemin vers la Suisse, lui donnent une blouse, un drapeau rouge et un marteau pour avoir l'air d'un ouvrier des chemins de fer. De cette façon, il pourra marcher incognito le long des voies, à condition de taper sur les rails de temps en temps, comme s'il les testait. Et Maurice marche, donnant des coups de marteau dans les rails, se nourrissant de myrtilles et du lait des vaches. Mais il a de nouveau mal aux oreilles et de la fièvre ; il lui faut un médecin. À l'entrée de la ville, nouveaux barrages ; il passe par les rails, en testant. Entre dans un cimetière et se cache dans une baraque.

Un barbu hirsute le découvre ; il a une cicatrice en travers du visage, un bandeau sur l'œil, et veut le tuer. « Ayez du cœur », supplie Maurice. Mais l'épouvantail n'en a plus : il a perdu son œil pendant la Première Guerre mondiale à cause des Allemands ; sa femme et son fils ont été tués en 1940 par des bombes allemandes, et il s'est juré de tuer le premier Allemand qu'il rencontrerait : lui ! Où était-il pendant la Première Guerre mondiale, hein ? Trop fiévreux pour discuter avec ce fou, Maurice essaie de fuir. L'épouvantail le retient. À bout de forces, Maurice s'évanouit.

Le lendemain, l'épouvantail revient avec de la nourriture, des médicaments, et une explication : « Je voulais vous tuer, mais j'ai eu la vision de ma femme qui pleurait. » Il lui dit s'appeler Jules et s'être fait engager comme fossoyeur pour être plus près d'elle et de son fils, tous deux enterrés dans le cimetière.

Libéré de son idée fixe grâce au fantôme de son épouse, l'étrange Jules va planquer Maurice pendant tout l'automne, allant jusqu'à lui jouer des sonates de Beethoven au violon, en mettant au point un système pour que Maurice perçoive les vibrations, la tête contre une table, dont il cale les pieds avec des pièces de monnaie…

Dès que Maurice va un peu mieux, il recommence à faire des semelles orthopédiques. Ils ont d'interminables discussions, que Maurice suit en lisant sur les lèvres du borgne barbu. Un jour, Jules, athée invétéré, lui demande l'essence de sa religion : « Être juif, ai-je dit, ça veut dire rendre honneur au Dieu éternel, aimer son voisin, respecter tous les hommes en tant qu'égales créatures du Dieu éternel, et rendre service à ses semblables. Cette conduite est plus agréable à Dieu que le jeûne et les prières. Depuis mon enfance, on m'a appris que je devais agir ainsi et que Dieu m'en bénirait. » Leur amitié grandit, et quand Maurice est guéri, au début de l'hiver, Jules lui donne une bicyclette, et le guide sur la route de Limoges.

Maurice n'a jamais su le nom de famille de Jules, ni Jules celui de Maurice qui, sans autres péripéties qu'une main blessée par des barbelés saignant sur la neige, se faufile en Suisse le 16 décembre 1942.

La paperasserie recommence. Réfugié en Suisse, Maurice est placé dans une ferme. Tout ce qu'il sait de sa famille, c'est qu'elle a été emmenée à

Angers, puis à Drancy, et de là, déportée vers des endroits inconnus « à l'Est ».

Pendant l'été 1943, il reçoit la visite d'un gars qui raconte des histoires à dresser les cheveux sur la tête, « que seul un fou aurait pu inventer ». Il entend pour la première fois le nom d'Auschwitz. Le type lui parle d'atroces tortures sur les femmes et les enfants, et lui fait une liste de vingt noms de camps. Terrorisé, Maurice finit par le croire. Il est le seul. « Les Suisses n'aimaient pas les réfugiés qui répandaient de méchantes rumeurs sur leur puissant voisin. Le concept d'extermination des juifs était inconnu. »

Recherchant toujours les siens, Maurice écrit des lettres avec coupon-réponse contenant un franc suisse à chacun des membres de sa famille, dans tous les camps de sa liste. Il espère qu'on lui répondra, ne serait-ce que par appât du gain. De fait, au bout de vingt ou trente jours, certaines lettres lui reviennent avec la mention : « Destinataire inconnu » ; ces camps existent donc bien… Il écrit des centaines de messages. En octobre 1943, une carte pour Martha lui est retournée avec ces mots : « Récemment transférée. » L'espoir renaît ; Maurice arrive à pister Martha à travers certaines adresses… Sans jamais se décourager, malgré ses oreilles qui le ramènent souvent à l'hôpital.

Au printemps 1945, quand on publie les noms des gens trouvés dans les camps de concentration libérés par les Alliés, Maurice ne trouve jamais personne de sa famille. Cependant, comme les journaux sont pleins d'histoires de gens qu'on croyait morts et qui réapparaissent, il espère toujours. Jusqu'à ce qu'une note officielle l'informe que les quatorze déportés de Sainte-Radegonde sont tous morts.

La marchande de fleurs nîmoise est morte aussi, le jour de la Libération, mais « le cœur plein de joie », lui écrit un inconnu, en lui renvoyant les copies des lettres que Maurice lui avait confiées. Dans l'espoir qu'en les lisant, des gens se manifestent pour lui parler des siens, il en fait un livre, *Lettres à mon fils*, qui paraît à Zurich en 1946. Les critiques sont bonnes, mais aucune information ne lui parvient.

En 1948, après de multiples nouvelles paperasseries, Maurice embarque pour les États-Unis sans un adieu pour l'Europe. Il a cinquante-cinq ans, cinquante dollars, et tellement l'habitude d'être refoulé malgré ses innombrables papiers, visas et tampons, qu'il laisse tout le monde le doubler dans les files d'attente en arrivant à Ellis Island, reprenant sans cesse la queue par la fin. Au soir, son manège finit par intriguer un officier de l'immigration, qui prend sous son aile ce type complètement sourd et qui ne parle pas un mot d'anglais.

Il va l'apprendre ; il est doué pour les langues, même s'il reconnaît que c'est plus difficile quand on n'entend rien... Il lit sur les lèvres, mais aussi dans les yeux. Pour cela, il a du mal à comprendre

Gretel Guggenheim, une belle-sœur de Martha, qui était passée autrefois à Sainte-Radegonde, en 1939, sur sa route pour les États-Unis. Malade des yeux, elle porte des lunettes noires. Le jour où elle les enlève, Maurice se noie dans son regard ; elle entend, il voit ; ils s'aiment et se marient.

Juste un an après son arrivée à New York, Maurice commence une nouvelle vie. Il accroche fièrement sa pancarte : « Maurice Meier, semelles » au-dessus du petit atelier qu'il tient avec Gretel, à Pottstown, « perle de la Pennsylvanie ». Naturalisé américain, il remercie Dieu de ne plus être un fugitif, mais le libre citoyen d'un grand et bon pays. « Nous avons trouvé la paix et le bonheur. » *Happy end*.

Maurice est mort à cent un ans, chez lui, en s'endormant sur son livre de comptes, m'a raconté Gaston. Ils avaient communiqué plusieurs fois au téléphone — par le truchement de Gretel.

Et Karl ? Maurice l'a laissé au camp de Gurs dans les Pyrénées. Il ne l'a jamais revu. Il savait qu'en 1942 tous les prisonniers avaient été déportés « à l'Est ».

Plus tard, en Suisse, Maurice reçut cette lettre d'un certain Floriner, un Anglais : « Cher monsieur Meier, J'ai été déporté avec votre beau-frère Karl Abraham. Par coïncidence, nous avons été ensemble dans de nombreux camps de concentration. Nous avons souffert de façon indescriptible. Karl semblait le plus fort et le plus dur de nous deux, et il a pris sur lui toutes les corvées qu'il a pu pour me soulager. C'est seulement grâce à ses sacrifices que j'ai pu survivre. Mais Karl est mort peu avant notre libération par les Alliés. Une vieille blessure reçue pendant la Première Guerre mondiale, en 1916, s'est rouverte et infectée. Sans pouvoir l'aider, j'ai dû le voir mourir sous mes yeux, s'éteignant comme une bougie. Nous n'avions aucune aide médicale. Quand j'ai connu Karl, il pesait 185 livres, quand il est mort, il n'en faisait pas plus de 90. Tant qu'il a été conscient, il s'est inquiété du sort de sa famille. »

Maurice dit avoir correspondu quelque temps avec Floriner au sujet de Karl qu'il avait aimé comme un frère. Sa dernière lettre est restée sans réponse, et après un long intervalle, il a reçu un mot, d'une écriture inconnue, lui apprenant que Floriner était mort à la suite d'une maladie contractée dans les camps.

Ni Maurice ni Floriner ne précisent où et quand Karl est mort.

Il n'est pas dans la liste des prisonniers de Gurs que j'ai consultée sur internet ; il n'est pas dans la liste des déportés de Serge Klarsfeld ; il n'est pas sur la stèle de Sainte-Radegonde ; il n'est même pas dans le tout nouveau livre d'un professeur d'Angers, Alain Jacobzone, sur le destin des juifs en Anjou entre 1940 et 1944. Maurice et Gustave non plus. De Sainte-Radegonde, ne figurent que les quatorze déportés. Dont Hans Rothschild, qui pourtant ne l'a jamais été, puisqu'il était en Suisse, et habite aujourd'hui aux États-Unis ; il a quatre-vingt-deux ans.

Sur Karl, un autre témoignage, donné par les cousins Weill à Gaston, révèle qu'il avait été en Argentine avant de venir à Sainte-Radegonde. Que faisait-il là-bas ? D'après ce texte, Maurice et Gustave connaissaient le bétail, mais Karl était le seul de la famille à avoir travaillé la terre. Depuis la fin du XIXe siècle, il existe des communautés agricoles juives en Argentine, ancêtres des kibboutz. Il devait travailler là. Il sera rentré pour donner un coup de main à ses sœurs, et transformer Sainte-Radegonde en ferme-école, ce qu'elle fut juste avant la guerre...

Autre chose m'intrigue davantage : Karl était célibataire. Or, chez les juifs pieux, comme ils l'étaient, il est très rare et très mal vu de ne pas se marier. Il faut croître et se multiplier, selon l'ordre reçu par Adam et Ève dans le jardin d'Éden.

Toi aussi, tu étais célibataire. Mais épouser une catholique était-ce mieux que le célibat ? Était-ce même pensable ? Pas sûr...

J'ai appelé Franck Marché ; l'homme qui pose des plaques et a organisé, entre autres, la cérémonie de Sainte-Radegonde. Il connaissait la maison ; il venait pêcher en face autrefois dans la Loire, un très bon coin.

Il est venu ; il a la voix de Max la Menace et un physique de marathonien, petit et mince, le cœur très lent. Un vrai coureur de fond, qui essaie depuis des années de mettre des visages sur tous les noms de ces listes ; de transformer des statistiques en humanité. Je lui ai offert un porto et nos inépuisables petits gâteaux secs ; nous avons parlé de toi. Il m'a donné les informations qu'il avait trouvées : Karl Abraham, agriculteur, était né le 24 novembre 1897 à Rust, en Allemagne. Il était arrivé de Buenos Aires (où il avait passé sept ans) à Bordeaux, le 15 mars 1934.

Donc, quand vous vous êtes connus, tous deux natifs de novembre, il avait trente-six ans et toi vingt-cinq...

Franck Marché avait autre chose qu'il hésitait à me montrer, il ne savait pas s'il devait ou non, il était inquiet... Il tournait à côté de moi les pages de son album, où l'on voyait la classe de Chêne-hutte-les-Tuffeaux et tous les gamins, Retailleau et Meier, Landreau et Rothschild, déguisés en meuniers avec des bonnets de nuit blancs à pompons, sans doute pour une fête de fin d'année...

Et puis il s'est décidé, il a tourné une dernière page : « Voici Karl ! »

Entouré d'enfants, les bras croisés, un long tablier sur sa chemise blanche aux manches roulées. Musclé, mais longiligne, très grand. Pas le crâne rasé de Yul Brynner, plutôt un peu dégarni au-dessus des tempes, et brun... Le soleil lui plisse un peu les yeux.

Il était beau, ton Karl, ma Nanie.

Dragons et chevaliers

Figure-toi qu'hier, j'ai goûté ton chaud-froid de poulet chez Mme Lair (à ton enterrement, elle portait un chapeau noir), toute contente de me dire que c'était ta recette, et qu'elle en avait eu grands compliments au dîner qu'elle avait donné la veille ; les restes auraient pu nourrir un régiment et j'ai eu le privilège de rapporter une bonne part de ton héritage dans du papier aluminium.

Il pleuvait fort sur l'herbe trop haute qui bordait sa maison de Blou ; ce fichu temps empêche de faucher dans cet ancien lit de la Loire où la trace parfumée de son passage suffit à faire pousser les asperges les plus tendres du monde ; mais tant mieux, nous disions-nous, c'était bien plus beau comme ça, l'herbe haute ; le feu dans la cheminée au début juin, et les roses dans le jardin, tellement douchées, que leurs têtes trop lourdes leur retombent sur la tige, comme ivres ; le vin de Bordeaux nous rendait sentimentales, et non, me disait-elle, elle ne doutait pas que tu avais été aimée ; nous le sommes toutes, n'est-ce pas ? Nous avons parlé de feu son époux, et de feu mon père, de feu tout le monde, avec une tendre nostalgie ; en partant, je me sentais, moi aussi, veuve octogénaire et presque joyeuse…

Je suis rentrée par le pont suspendu des Rosiers, verte modernité métallique du début du siècle dernier. À l'aplomb, sur le coteau, tout blanc et tout droit, se dresse le clocher de Saint-Eusèbe, mémorial des cadets de Saumur, dont son mari, le colonel Lair, était l'un des survivants ; en juin 1940, ils avaient défendu les ponts de la Loire à un contre dix. Certains sont enterrés là-haut avec un tirailleur algérien, Bachir, dont la tombe porte un joli petit croissant.

Pendant ce temps-là, tu étais cachée dans les caves, les femmes et les enfants de Sainte-Rade-gonde dans leur crypte, Karl entre Azay et Poitiers, et maman bloquée par les hasards de l'exode au beau milieu de la route de Bagneux, face à la clinique de ton amputation…

Je n'imaginais pas, en commençant à t'écrire sur ta vie, qui s'est déroulée, du début à la fin, entre La Croix et Saint-Hilaire-Saint-Florent, soit sur sept kilomètres, à peine, le long de la Loire, que tu m'entraînerais aussi loin, jusque dans les camps de concentration nazis, où périt un homme cher à ton cœur. J'aurais dû m'en douter pourtant ; les gens qui vivent au bord des grands fleuves n'ont nul besoin de voyage, puisque le monde vient à eux.

La Loire, fille de la montagne et mère de l'océan, ceinture dorée à la taille de la France, comme à celle de la belle Hélène qui veut aller danser sur le pont de Nantes et s'y noiera dans sa robe blanche, unit ou sépare à sa guise l'Est et l'Ouest, le Nord et le Sud, le froid et le chaud, les blondes et les bruns. Elle est le point crucial, et il y a forcément un moment, au nœud de l'histoire, où tout le monde doit passer par là. Où tout va se jouer là. Chrétiens, juifs et musulmans, ils étaient tous sur cette toute petite bande de terre que tu habitais, en juin 1940, face au dragon.

Le dragon a traversé la Loire, et beaucoup en sont morts.

Dieu merci pas toi, dans ton affût ; ni l'aspirant Lair avec son panache, qui plus tard épousa la dame au chapeau noir et devint (hélas !) fort ennemi des chats.

Enfant, je t'ai posé de mauvaises questions ; je t'avais demandé si tu avais fait de la Résistance, comme ma mère et ma grand-mère ; ça me semblait la seule activité digne d'une femme pendant la guerre. Les bons étaient résistants, et les méchants collabos. Comme tu étais gentille, tu avais forcément résisté contre les Allemands... Et puis tu avais un vélo, et, à ce que j'en avais compris, la Résistance consistait surtout à transporter des messages secrets en vélo.

Ma question t'avait laissée sans voix. Je n'avais pas insisté, gênée. À côté de la plaque. Mais je n'ai guère fait de progrès ; mon étonnement devant la réaction des habitants de Chênehutte à l'installation d'une colonie juive allemande en 1934 est tout aussi naïf. Comme si je n'avais jamais grandi dans ce pays ! Comme si je n'avais pas, moi-même, découvert l'existence de juifs contemporains en arrivant à Paris ; à seize ans, dans l'autobus numéro 92, le jour de la rentrée. Nouvelle au lycée Victor-Duruy et dans la capitale, j'étais suspendue à la poignée voisine d'une condisciple inconnue, qui s'était proposée de m'indiquer la station où je devais descendre. Sur le trajet, elle me raconta que certaines personnes, d'abord sympathiques, changeaient complètement d'attitude quand elles connaissaient son nom ; je souris ; je me rappelais le visage couvert de taches de rousseur et soudain effaré qu'avait tourné vers moi une voisine de cantine à ma toute première rentrée, pendant l'appel, et son accusation horrifiée : « Mais alors, tu es *noble* ! » ; mes dénégations bafouillantes devant cet adjectif inconnu ; l'éternel refrain d'une vieille pionne chez les bonnes sœurs : « C'est pas parce que vous êtes une *de*, que vous avez le droit de… » ; mes efforts pour n'être plus qu'un prénom en quatre lettres… Elle se présenta : « Je m'appelle Terry Cohen. » Cela ne me disait rien, sauf que c'était sûrement aussi un nom à s'être fait couper la tête.

Les historiens le confirment : à l'époque, en Anjou, les paysans n'avaient même pas idée qu'il existât des juifs — pour de vrai. Ils fréquentaient l'école, l'église et le marché, mais n'étaient pas abonnés aux journaux nationaux et n'avaient pas la radio. Pour eux, les juifs étaient dans les Évangiles, des contemporains de Jésus, à l'instar des Romains, des Saducéens ou des Samaritains. Voir surgir ces personnages de l'ancien temps devait leur sembler aussi incroyable que s'ils avaient croisé les troupes de César Auguste ou le roi Hérode. Un anachronisme complet. Avertis par les instituteurs et le curé, personnes instruites, que ces Allemands n'en étaient pas vraiment, ils leur ont fait bon accueil, une fois qu'ils eurent constaté qu'ils étaient surtout, comme eux, des agriculteurs. Durs à la tâche, et pieux comme des lits de caserne.

J'ai aussi mal interprété ta remarque sur Karl : « Juif mais allemand » ; tu avais quelques raisons de détester les Allemands, qui avaient tué ton oncle et mutilé ton père, ponctionné tant de jeunes vies d'hommes dans toutes les familles ; être allemand n'était certainement pas une qualité. En revanche, juif devait en être une, puisque tu opposais les deux termes. Comme tu étais allée au catéchisme, tu savais très bien que les juifs n'avaient pas tué Jésus, mais qu'ils étaient ses ancêtres, les fameux Hébreux qui avaient traversé la mer Rouge à pied sec, les héros de l'Histoire sainte.

Débarbouillé de son accidentelle et déplorable germanité, Karl surgissait de la nuit des temps, tout pailleté par l'or légendaire des pages de la Bible, dont il venait de franchir la tranche pour cultiver les terres de Sainte-Radegonde. Apparition miraculeuse, viril ange du ciel aux manches roulées, les bras chargés de roses, dans sa drôle de carriole…

Karl qui te faisait rire, avec son français rugueux, plissant les yeux sous le soleil ; Karl, dont sept ans en Argentine avaient dû chalouper la démarche, homme du Nord bronzé par le Sud, homme de l'Orient né en Occident, homme de la Loire, en puissance et en acte.

Karl, homme de Dieu d'avant la mort de Dieu, juif magique. Merveille des merveilles.

Le roi Salomon aussi, ce grand sage, était tombé amoureux d'une femme boiteuse. Et merveilleuse.

Car toi aussi, tu étais merveilleuse.

Tu te souviens de Jean-Paul Guerlain, qui suivait les cours d'élèves civils à l'École de cavalerie ? Avec ses grosses lunettes et ses gros cigares ? Tu ne peux pas l'avoir oublié : quand il dormait à la maison, sa chambre était un cauchemar de ménage pour toi ; il couvrait tous les meubles de petits flacons d'essences de fleurs dont sortaient des mouillettes de papier buvard ; il y en avait partout. Comme il prenait sa retraite, on lui a fait présider une reprise du Cadre noir, en son honneur, pour la Saint-Georges. Il n'avait plus lunettes ni cigare, mais les cheveux tout blancs. À la réception qui s'ensuivait, il m'a spontanément demandé de tes nouvelles ; puis il a commenté, à l'usage des jeunes écuyers : « C'était une femme merveilleuse ! » Voilà, ma Nanie, ce que dit de toi l'homme qui a inventé *Shalimar* et *Chamade*, connu, aimé et parfumé les plus belles femmes du monde, les actrices les plus séduisantes, les Parisiennes les plus chic ! Que tu étais une femme merveilleuse ; ni plus ni moins. Ne t'avise pas de protester.

« Et par saint Georges, vive la cavalerie ! » s'est exclamé ensuite le général, un grand costaud, pour conclure son discours selon la tradition. C'est assez comique, quand on y pense, parce que saint Georges n'est sans doute jamais monté à cheval. Je ne le dirai pas au général, mais il a passé sa vie entière bouclé dans un monastère en Orient, à écrire des arguments subtils pour combattre je ne sais quelle vilaine hérésie. Les peintres d'icônes, de façon symbolique, l'avaient représenté en train de transpercer un diablotin avec une pique. Quand leurs icônes sont arrivées en Occident, nos peintres se sont trouvés bien embêtés : ils avaient déjà l'archange saint Michel qui terrassait un dragon avec une pique. Bataille ! Pour ne pas les confondre, ils ont donc monté saint Georges sur un cheval, et l'ont armé d'une lance. Les Français, toujours logiques, firent de ce mirobolant chevalier le patron de leur cavalerie, plaçant ainsi à leur tête, sans le savoir, un intellectuel byzantin… Contre le dragon sur la Loire, il ne l'a pas emporté.

C'était un dragon trop brutal, trop épais, inaccessible à la théologie et fermé à l'esthétique ; un dragon grossier, insensible aux gants blancs qu'on avait pris contre lui.

Et, dans le fond, par ici, on ne pense pas qu'un dragon doive être combattu, mais apprivoisé, et qu'on finira un jour (ça serait bien le diable !) par le tenir en laisse, telle sainte Marthe promenant sa terrible tarasque comme un teckel, au bout de sa ceinture, sur les routes de Provence. En quoi nous sommes vraiment byzantins : « C'est la douceur qui terrasse les démons », disait Ignace d'Antioche, ami du vrai Georges.

Il faisait très beau pour la Saint-Georges, chaud même, ce qui signifie, m'a annoncé Xavier, qui s'était rasé le crâne et la barbe à la Jean Valjean évadé du bagne de Toulon, que nous aurons plein de fruits. C'est fait. Le jardin regorge de fraises, de groseilles et de framboises. Mais il a plu le jour de l'Ascension, donc, m'a-t-il déclaré, alors que sa barbe reprenait du terrain sur ses joues : « Les cerises s'en vont à la procession » ; comme elles ont trop bu, leur peau a craqué, et leur dos est fendu par une cicatrice brune. C'est vrai, mais je ne vois pas bien le rapport avec une procession.

Depuis, nous avons mené quelques combats : pour défendre le cerisier de la cour contre des merles et un couple d'affreux corbeaux qui, malgré l'installation d'un mobile épouvantail digne du Centre Pompidou et de tubes métalliques musicaux (tu verrais !), se gavent au point d'être devenus gras. Je les menace de les transformer en pâté corse, mais ils ne me prennent pas au sérieux. Ensuite contre les chevreuils, qui croquaient les boutons de roses comme des bonbons et prenaient la grande allée pour une confi serie. Désormais, les rosiers sont entourés par un fil électrique à vache, très moche, mais les roses sont magnifiques ; en revanche les pivoines, ébouriffées, n'ont pas résisté à un troisième orage ; elles ont fini écrabouillées au sol. Nous nous sommes aussi débarrassés d'un essaim d'abeilles sauvages, en le faisant cueillir, comme une grappe de raisin, par un apiculteur aux bras nus ; et chaque jour j'arrache d'infâmes liserons, boas étrangleurs de fleurs. Dans le bois, les orties sont hautes comme moi, mais je ne monte jamais dans le bois. Le loup n'y est pas, mais pour les vipères, je suis moins sûre.

Jaja a décidé qu'elle était désormais un chien ; elle me suit religieusement partout, à un mètre, et vient m'indiquer, chaque soir vers six heures, en s'asseyant devant l'ordinateur, qu'il est temps d'aller se promener ; elle ne se risque guère seule dehors. Normal : elle s'est pris un coup de jus avec le fil électrique antichevreuil, et a passé ensuite un quart d'heure à se mordre furieusement les fesses en cherchant quelle bête féroce avait pu la piquer ! Plus tard, elle est devenue la cible des hirondelles, qui lui passaient en rase-mottes derrière la tête pour lui gazouiller des horreurs aux oreilles. Leurs petits, juste sortis du nid, s'envolaient de toutes les caves, très maladroits ; elles tâchaient par leurs cris de les protéger contre les griffes, purement décoratives, de ma pauvre Jaja qui ressemble tant à un chat, et qui allait s'asseoir, sans aucune arrière-pensée (ni pensée tout court !), entre les massifs et les tilleuls, au beau milieu de leur piste de décollage. Irrésistible Jaja. Comment ne pas aimer un être pareil ? Pourtant le chat noir, son soupirant, las d'être boudé, semble se consacrer à la chasse aux souris géantes, qu'il rapporte, sans un regard, sans un arrêt, sans un signe pour elle, entre ses dents, jusqu'au pressoir.

Qu'il est doux de vivre ici, et qu'il est dur d'y écrire ! Même Balzac, le superproducteur prolifique, n'a pu pondre que la moitié d'*Eugénie Grandet* (et ce n'est pas épais, *Eugénie Grandet* !) chez son copain qui habitait en bas de chez toi, la si jolie maison au pied de la côte de La Croix, très précisément là, lui aussi. Au secours, Balzac ! Combien de temps s'est-il écoulé depuis cet hier, où j'ai rapporté ton chaud-froid de poulet à la maison ? Je ne sais plus ; ici, on ne compte pas, on ne compte plus. Ce que je sais, c'est que c'est l'été, le temps des sandales.

Tu n'as jamais porté de sandales.

On a voté plein de fois — quatre ! — dans la salle des sports de Saint-Florent, au bureau 13, comme d'habitude. Le Président, pour finir, c'est toujours Chirac, comme de ton temps. Dans tes cahiers, je me souviens, tu avais marqué : « On va voir ce que celui-là pourra faire » ; la situation n'a guère évolué — on se le demande toujours —, sinon qu'on a vu se pointer la vilaine trogne du Le Pen, à la deuxième place. On était assommés, sur le coup. Tu te rappelles quand on avait collé toutes les têtes des candidats sur les placards de ta cuisine ? Ton abomination, à l'époque, c'était Marchais, le communiste ; tu trouvais qu'il ressemblait à un singe, un babouin ; le seul animal de la création que tu n'aimais pas, justement parce qu'il ressemblait trop à un homme...

Dans la région, Le Pen n'arrivait que quatrième, et les analystes politiques ont glosé d'abondance, à leur habitude, sur la sagesse électorale de ce territoire qu'ils appellent Grand Ouest, et qui correspond, en gros, à l'ancienne Vendée. Ils se souviennent qu'on l'appelait « catholique », et déduisent que la religion nous préserverait du racisme mieux que les beaux discours des Bleus citoyens de la République — ce qui reste très optimiste quant à la fréquentation des églises...

Ils oublient la deuxième épithète : « et royale ». On ne le leur dira surtout pas, mais il a fallu par ici tant de générations, d'abnégation et de gentillesse pour accepter le régime républicain qu'on ne votera jamais pour un type qui ressemble, de près ou de loin, à un révolutionnaire.

Un gueulard. Un babouin. Autrefois Marchais, aujourd'hui Le Pen, ça revient au même. Des gens qui finissent toujours par vous égorger pour votre plus grand bien, et jeter votre cadavre à la Loire. On connaît. On a déjà donné.

La Loire a dû charroyer tant de morts à la mer, mêlant dans ses eaux maternelles leur sang de frères ennemis, qu'elle entretient au fond de ses sables, pour toujours, la flamme rouge de leur sacrifice inutile. À chaque coucher de soleil, elle expose la folie des hommes à la clémence des cieux, nous épluchant le cœur avec une tendresse brûlante comme un alcool blanc. Elle nous murmure des choses qu'on partage volontiers avec le visiteur, pour peu qu'il prenne la douce peine de s'asseoir et de devenir ce qu'il est : un ami de passage. Ici l'étranger n'est pas une menace, mais une promesse. S'il a une âme — la plupart des gens en ont une, semble-t-il —, le génie de la Loire le prendra dans ses filets, et il ne pourra plus bouger ; il restera là, fasciné, lui aussi.

Le climat est clément, les fruits arrivent à temps à qui veut bien les cueillir, les bouteilles rafraîchissent dans le courant, comme rafraîchissait autrefois le tuffeau des caves dont sont construits châteaux et abbayes ; le vent de l'histoire vous caresse doucement les cheveux, le secret du monde glisse devant vos yeux, la langue chante à vos oreilles, et l'on devient français sans même le faire exprès. Les gens des bords de Loire, à force, viennent de partout, mais deviennent tous les mêmes.

La Loire engloutit violence et ambition ; elle remet les cœurs en place ; elle les décape pour les plonger dans un bain d'harmonie originelle.

J'étais en train d'écrire ces phrases un brin pompeuses quand Yves, ton filleul, est venu faire une visite ; il avait vu la maison ouverte ; cette maison qui fut aussi la sienne, celle de toutes ses vacances d'enfant, quand on l'appelait l'Yves. J'ai débouché le champagne, dans un souffle, et l'on a parlé de toi. Pour Karl, il ne savait pas. Mais lui aussi, bien plus tard, t'a offert des roses, quatre-vingt-dix roses pour tes quatre-vingt-dix ans... Et une bague à pierre noire.

Il connaît d'autres de tes secrets, tes fameux « péchés de jeunesse », que je ne veux pas connaître de toute façon. En revanche, je lui ai demandé de quelle couleur était son vélo, du temps où nous jouions aux petites voitures et à bien d'autres choses sous les tilleuls et dans les caves. Il ne se souvenait pas, rouge, peut-être. Mais il dormait dans la chambre bleue, dont maman ne se rappelait plus qu'elle avait été bleue, à un moment... C'était doux et drôle. Sa fille, Anne-Laure, a vingt ans, tu te rends compte ! Son père, qui lui reprochait de fréquenter chez nous « le luxe et la dépense », est mort, et sa mère revit.

La dernière fois que j'ai installé Yves dans le salon, c'était le matin qui suivait ta mort ; il avait débarqué en trombe dans la cour ; j'étais seule, hirsute, mal emballée dans une grosse robe de chambre verte, et je l'avais assis dans le grand fauteuil, à la place de l'homme, lui avais-je dit, pour tenter de donner une allure convenable à nos deux grandes personnes civilisées.

Il venait de te voir dans ta chambre ; tu étais la première personne morte de sa connaissance, je crois ; il était bouleversé parce qu'on ne t'avait pas mis la chemise de nuit que je t'avais offerte et que tu te réservais d'étrenner, depuis des années, sur ton lit de mort, pour être la plus belle. À la place, tu portais une robe « bariolée et moche » ; toi qui étais toujours si coquette, si élégante, quelle honte ! Nous étions deux quadragénaires de douze ans, orphelins de notre Nanie, perdus dans un matin gris de février, le nez dans nos bols de café, enfants scandalisés.

Le lendemain, on était passés au blanc, pour taper ta messe d'enterrement sur l'ordinateur de son bureau, la nuit, avec Laurence. Frère et sœurs. Larmes et fous rires. Le doux layon ne favorise guère la tabulation des *Ave Maria*, mais Yves est gérant d'une maison de vins... Nous avions choisi les lectures et les cantiques avec tes neveux et ce curé aux cheveux si épais, qui mourut peu après, dans un accident de voiture. Nos textes lui avaient semblé plutôt destinés à un mariage qu'à des funérailles, mais pourquoi pas ? Était-ce si différent, après tout ?

Yves avait écrit une grande prière pour toi, et il m'avait drôlement impressionnée à l'église : « Mon Dieu, je suis sûr que vous saurez placer notre Nanie en région de paix et de lumière comme elle le mérite et qu'un jour vous m'unirez de nouveau à elle... Manifestez-lui votre gloire, déployez à ses yeux ce que vous êtes et faites couler dans son cœur ce torrent de délices ineffables dont vous êtes la source surabondante et éternelle. »

Devant tout le monde, il avait dit cela et d'autres choses encore, debout et bien droit, sans élever la voix, chevalier servant, confiant et désarmé.

Le dragon n'avait qu'à bien se tenir, couché dans sa niche.

Il existe un secret d'amour entre les hommes de la Loire, les roses, le vin, les jolies phrases, le bon Dieu...

Et toi qu'ils ont aimée.

Secrets de famille

Laurence, ma sœur, s'est mariée le 4 juillet 1981 ; le matin il avait plu, mais l'après-midi s'était décidé à être beau ; deuxième mère de la mariée, tu avais assisté à la messe au premier rang, avec nos parents ; les fiancés avaient dit oui ; les enfants d'honneur s'étaient bien tenus ; une montgolfière blanc et bleu s'était envolée du potager, comme prévu ; les deux familles ne se faisaient pas la gueule ; nos amis les plus exotiques se liaient sans couacs avec de chères antiquités plus classiques, et tout ce joli monde s'apprêtait à dîner sous des marquises dressées dans le jardin ; aucun vent n'en menaçait la toile ; le service, local, habitué, roulait ; la musique se préparait ; bref le front était calme, quand tu m'as soudain agrippée par le bras, l'air fatal.

L'heure était grave, il se passait quelque chose, mais tu ne voulais pas me dire quoi, pas si vite. Souvent, tu me faisais le coup, avec ta tête de pioche ; il fallait que je devine. Je t'ai énuméré tout ce que je viens de dire, le bonheur des autres ayant toujours fait le tien, que tout allait bien, que Laurence était ravissante, qu'Éric, avec sa barbe nouvelle, avait presque l'air d'un adulte, qu'ils s'aimaient pour de vrai, que les parents étaient beaux comme des bicyclettes neuves, que toi aussi, que personne ne s'était noyé dans la petite rivière, et que même le vieux général Machinchose, à la surprise générale, n'était pas encore ivre mort, alors ?

Grand soupir, nez baissé, silence…

J'ai insisté, insisté. Tu as fini par relever le nez.

Et tu t'es lancée, droit dans les yeux, lugubre :

— Je ne voudrais pas prendre votre place dans la tombe !

Elle était raide, celle-là. Que venait faire, un jour de noces, cette histoire d'enterrement ?

Il a fallu que je t'arrache, morceau par morceau, toutes les pièces du raisonnement dont tu venais de me livrer la brutale conclusion.

Depuis toujours, il avait été décidé que tu devais être enterrée avec nos père et mère dans la tombe du cimetière de Saint-Florent, où nous allions visiter notre frère, à chaque Toussaint. Je le savais ; ce n'était pas une nouveauté. Il y avait quatre places dans le caveau, et vous y seriez quatre, étendus dans vos couchettes comme dans un compartiment de première classe. Bien. Et alors ? Alors, ma mère avait toujours dit que les filles n'auraient qu'à se faire enterrer dans les familles de leurs maris. Bien. Et alors ? Alors, ma sœur cadette, en se mariant, venait de trouver une tombe. Bien. Chic, une de casée. Et alors ? Alors, moi, l'aînée, célibataire, je n'avais pas de tombe. Donc, moralité : tu devais me laisser la place qui me revenait de droit, quitte à devenir, toi, une âme errante, une sans-abri posthume...

Tu avais l'air vraiment désespérée ; une héroïne de tragédie antique ; je t'ai prise dans mes bras ; s'il n'y avait que ça, je n'avais qu'à me marier, j'étais loin encore d'avoir coiffé Sainte-Catherine, mon cas n'était pas désespéré, c'était une perspective envisageable, quoique guère réjouissante de mon point de vue : traîner des lardons dans un landau, je connaissais des façons plus intéressantes de m'occuper l'existence, mais tant pis, je ferais des plans de table, j'irais aux réunions de parents d'élèves, je réviserais la Méthode rose, j'assurerais la permanence du Secours catholique, je mettrais même des tailleurs avec des combinaisons en dessous l'hiver, bref je me marierais avec l'un des jeunes gens qui allaient m'inviter à danser ; je me fiancerais dès ce soir, si ça pouvait te rendre le sourire !

Là, tu as eu l'air franchement épouvanté : « Ne faites pas ça, malheureuse, vous n'êtes pas mûre ! »

Jusqu'alors, le mariage me semblait réclamer plus d'inconscience que de maturité. Mais j'avais trouvé l'argument qui te fit réintégrer ta tombe vite fait, sans hésitation et pour toujours : si tu te refusais à l'occuper, j'épouserais le premier venu... Question de vie ou de mort, ce chantage funèbre fit notre affaire à toutes les deux.

On plaisante Sarah Bernhardt (autre grande tragédienne monogambe !) pour avoir dormi des années dans son cercueil, mais je n'avais aucune envie de me moquer de toi. Il y a quelque chose de rassurant à savoir où l'on va être enterré et en quelle compagnie. Quand on part en voyage sans réservation d'hôtel, on a beau ne pas y penser, une vague inquiétude flotte jusqu'au soir ; il est déjà bien assez angoissant de mourir, avec une âme dont on ne maîtrise nullement la navigation, pas la peine d'en rajouter en laissant traîner son corps n'importe où.

La tombe de Saint-Florent était une balise de notre commune existence ; nous y portions deux grands pots de bruyère à la Toussaint et deux petits rosiers rouges pour les Rameaux. Quand avait-il été décidé que tu y serais enterrée ? Maman ne se le rappelle plus ; elle dit : « Depuis toujours. » C'est un toujours relatif, car ce ne pouvait se situer avant son invention, qui datait de la mort de notre « petit frère », aîné en réalité, mais resté le plus jeune d'entre nous, puisqu'il était mort le jour de sa naissance, dans la chambre d'angle du second étage, le 4 août 1955.

Il n'en avait pas pour autant une tombe de bébé, de ces petites sépultures blanches avec des anges Chantilly, mais une vraie tombe de grande personne, sobre, grise, virile. Avec son nom gravé en doré sur la tranche, et l'unique date de l'unique jour où il avait vécu ; on mettait un pot de fleurs de chaque côté. Nos parents n'étant ni l'un ni l'autre originaires de la région, il était notre seule famille au cimetière, où il les attendait, ainsi que toi, dans sa plate demeure ; cet enfant était devenu notre ancêtre.

Lors de nos deux pèlerinages annuels, de l'automne et du printemps, on parlait de lui ; on imaginait comment aurait été la vie s'il avait vécu, on lui inventait des avenirs plus ou moins roses, mais on ne racontait rien de sa fulgurante existence. Sur les tombes des vieillards, on se souvient ; sur celles des enfants, on imagine.

Pour connaître les détails de sa vie, il suffisait de te demander. Comme avec tes aphtes ou ton moignon, tu ne craignais pas d'exposer les histoires douloureuses, bien au contraire. Une belle plaie devait s'entretenir avec une bonne poignée de gros sel, de temps en temps, n'est-ce pas ? Tu revivais au présent mon père et Henri, le jardinier des fleurs, partis chercher qui le champagne, qui une bonbonne d'oxygène, se rattrapant ou se croisant, je ne sais plus, mais trop tard en tout cas, trop tard, bien sûr ; grand-mère, qui avait eu le temps de le baptiser, pauvre madame Foucher, qui avait perdu ses deux fils à la guerre ; la nourrice, déjà arrivée de Paris ; le médecin, aussi doué que le tien en août 1914...

Je n'aimais pas cette histoire-là, navrante, béante, sans consolation à la fin ; dans le genre triste, je préférais ton accident. Aucune prothèse, ni ma sœur ni moi, ne viendrait jamais remplacer ce membre disparu. Mais ce chagrin, vivace en toi, devait l'être en nous aussi. Pas question que tu l'oublies. Et nous, qui ne l'avions pas connu, non plus. Oublier les morts, c'était accepter qu'ils le soient, les trahir. Dans ton cahier, au moment de ma naissance, tu écris : « Quel bonheur pour tous, mais on ne pouvait oublier le petit ange qui avait fait un court passage sur la terre. » Aucun risque.

À ce propos, tu m'excuseras une parenthèse pour te tirer les oreilles. J'ai un peu étudié la question des anges (merci docteur Freud !), j'en ai même fait un bouquin que je t'avais envoyé, et tu ne l'as pas lu, comme de bien entendu ! Les enfants qui meurent ne deviennent pas plus de petits anges qu'ils ne deviendraient de gros éléphants ; on ne change pas d'espèce ; un homme ne sera jamais ni ange ni bête. Pas sous nos climats catholiques, en tout cas. Baptisé, l'enfant qui meurt devient un saint ; il peut chanter avec les chœurs des anges, si ça lui chante, mais il n'en sera jamais un.

Saint, c'est la plus haute distinction pour un être humain.

Le « petit frère » est un saint ignoré du calendrier. Saint Bertrand ; fête : le 4 août, jour de sa « naissance au ciel », comme disent les théologiens, puisque la mort, pour les saints, est avant tout une naissance. Dans son cas, elle l'était doublement.

Certains avaient des frères pompiers, facteurs,

électriciens ou polytechniciens ; nous avions un frère saint.

À l'époque, il nous apparaissait surtout qu'il était mort.

Cependant j'ai eu tort de vouloir t'attraper : au moment où tu as rédigé tes mémoires, mon livre sur les anges n'était pas publié. Même pas écrit. Tu ne pouvais pas l'avoir lu. Que mon saint frère me délivre de la mauvaise foi !

Fin de la parenthèse. Retour aux noces de Laurence :

Je ne voudrais pas prendre/votre plac(e) dans la tombe.

Pour la tragédie, je ne l'avais pas remarqué, tu utilisais naturellement l'alexandrin ; avec césure à l'hémistiche, tant qu'à faire… (Dire que j'allais tirer cette si belle oreille des bords de Loire !) Mais le tragique de la situation aussi m'avait échappé. Il était pourtant clair : en se mariant, ma sœur s'envolait définitivement de la tombe pour aller du côté des vivants, qui dansent et qui rient, qui ont de nouveaux enfants avec des dents de lait et des caries ; moi, l'aînée, puisque j'avais accepté (avec joie, en plus !) l'idée sacrilège qu'elle se mariât la première, bousculant ainsi l'ordre des choses, il était à craindre que je reste à jamais du côté des morts, coincée pour toujours sous la dalle grise de leur terrible royaume — et cela, j'en suis sûre, t'inquiétait beaucoup plus que l'idée de ton éventuel déménagement posthume.

Tu ne t'étais jamais mariée, mais tu n'étais pas l'aînée, tu étais la petite dernière, ce qui laissait flotter derrière toi, toujours, une invisible traîne froufroutante d'espoir. Comme tu aurais aimé te marier, ah dame oui ! Tu étais allée à quantité de noces, de tes sœurs, de ton frère, de tes cousins, en carriole, toute jolie, poudrée, avec ta belle broche et tes boucles d'oreilles, un peu à l'écart parce que tu ne pouvais pas plus danser, jeune fille, que tu ne pouvais, petite, à l'école, jouer. Tu as passé des heures à regarder les autres s'amuser. Tu les observais et tu espérais, en fredonnant de ta haute voix de soprano *La Java bleue*, « celle qui ensorcelle et que l'on danse les yeux dans les yeux »…

À cause de ta jambe coupée, on t'avait présenté toutes sortes d'idiots du village, pensant sans doute qu'un handicap en valait un autre. Mais il ne fallait pas te prendre pour une idiote ; tu n'as pas topé à ce méchant marché.

L'espoir ne t'a jamais quittée ; les regrets non plus, sans doute. Mais je ne t'ai jamais vue jalouse. En revanche, je t'ai surprise un après-midi récréatif à la maison de retraite, gâteaux roulés, limonade et valse musette. Tu faisais tapisserie devant ton assiette transparente, regardant les autres pensionnaires se dandiner du col du fémur ; tu étais toute seule ; tu portais ta plus belle robe. Toute pimpante, toute mignonne, tu avais même du rouge à lèvres, ma Nanie ! Le cœur serré, je n'osais trop m'approcher, jusqu'à ce que tu tournes vers moi un sourire éperdu de jeune fille : Sissi à seize ans, invitée pour la première fois au bal de l'empereur ! De l'avenir plein les yeux...

Tu ne m'as pas retenue.

Sur ta chaise à l'écart, tu t'étais aiguisé avec les années un œil de maquignon moqueur, vif dans le diagnostic de l'échantillon masculin, et une langue harpon, accroche-cœur, habile à plaisanter les gars, taquine. Tu as toujours conté fleurette aux hommes, pour rire, mais sait-on jamais ? À quatre-vingts ans sonnés, tu blaguais toujours tes kinés, et il est arrivé que certains, parmi les plus jeunes, reviennent à ton chevet pendant leurs jours de congé pour le doux plaisir de ta conversation.

Sans parler de tous ces sous-lieutenants qui louèrent les chambres du second, joyeux fiancés imaginaires dont les bottes ferrées sonnaient toujours le même viril galop dans l'escalier, lancés à la poursuite de quelque charmante, et qui ne manquaient jamais de te faire admirer leurs nouveaux galons, quand ils revenaient, des années plus tard, mariés et pères de famille, suivre le cours des capitaines. Tu prenais moins de goût, alors, à leurs confidences ! N'est-ce pas, jeune demoiselle ?

Tu rougis, j'en suis sûre. Tu rougissais facilement. Tout le temps. À l'âge des citations, en classe de troisième, une de mes camarades avait écrit au tableau (à l'usage d'un vieil abbé, timide et rosissant professeur de latin) cette phrase de Montherlant : « Autrefois, les jeunes filles rougissaient lorsqu'elles étaient gênées ; aujourd'hui, les jeunes filles sont gênées lorsqu'elles rougissent. » D'hier ou d'aujourd'hui, je ne sais pas — car on te faisait aussi rougir de t'avoir vue rougir —, tu étais une jeune fille. L'amour était toujours ta grande affaire.

L'autre était la parole ; tu possédais ce rare talent de récréation, quand la fatigue, alourdissant les bras et brûlant les reins, affaissait les culs sur des sièges ; la magique fatigue transformait les autres en tes pareils ; elle te les égalisait en leur vissant les coudes à ta table, tout en douleurs, mais l'esprit frais et le cœur joyeux du travail accompli. Alors tu distribuais, du haut de ton grand tabouret, le sucre de ta boîte en fer comme les cartes d'un jeu dont tu avais tous les atouts. Quoi qu'ils disent, tu remporterais la partie. Le dernier mot de leurs histoires serait pour toi. Subjugués, ils n'en reviendraient pas de l'heure qu'il était, et d'être restés si longtemps là sans bouger, assis sur leur derrière.

Ton café n'était pour rien dans ce charme ; franchement, il n'était pas bon. Tu m'excuseras, mais non. Ce n'était pas ta faute, c'est un vrai mystère de l'Ouest ; plus on va vers l'ouest, plus le café est mauvais, et plus les gens en boivent. Le nôtre n'est pas fameux, celui des Vendéens pire, des Bretons n'en parlons pas, et imagine que tu continues encore tout droit à travers l'océan, tu tomberais en Amérique sur des gens qui tètent des litres d'infâme jus de chaussette à longueur de journée, dans des chopes en faïence multicolore... Le pire du pire. Ton café n'était pas bon, mais pour le savoir, il fallait avoir voyagé. Ensuite, c'était comme ça ; on y était attaché ; on aime le mauvais café, par chez nous. S'il était bon, on n'en boirait pas tant, juste un petit verre de rien après le déjeuner, comme dans les pays à sieste où il empêche les gens de dormir.

La qualité d'un breuvage sans alcool n'aurait de toute façon jamais retenu si longtemps des hommes — qui auraient bien préféré une bouteille — assis autour de toi, à tourner sans fin une petite cuillère au fond de leurs tasses ; mais t'écouter, c'était comme sucer un nouveau bonbon à chaque fois. Tu savais distribuer la parole, et tu en connaissais des accidents d'autocar ! Des vraies histoires de grandes personnes ; très atroces.

Des secrets aussi. Évidemment tu ne les disais pas. Sauf quand tu croyais qu'on les savait...

Car dans la série des grands morts inoubliables, il y en avait un, qui pesait sur nos têtes, mais dont on ne nous avait jamais parlé. C'est son ombre, aujourd'hui encore, je crois, qui me fait m'attarder autour de ton café en tournant ma cuillère, au lieu de continuer à explorer le vague « depuis toujours » de ton installation à la maison, et partant dans la tombe de Saint-

Florent. En plus c'est toi, sans le savoir, qui m'as appris son existence, bien avant que ma mère me la révèle officiellement...

Quel âge pouvais-je avoir ? De ceux où l'on dévore tout ce qui est écrit. Pourquoi fouillais-je dans le bureau du bas, vert et froid, qui faisait office de bibliothèque pour les romans modernes au dos tout blanc, et que festonnait sans l'égayer la haute guirlande d'innombrables flots de rubans, trophées de concours hippiques ? Je ne sais pas. On y entreposait aussi quelques sabres, des fleurets et des fusils de chasse ; sous le râtelier, le placard aux munitions était fermé à clef, mais des cartouches vides traînaient parfois, oubliées dans les tiroirs. Je n'avais aucun goût pour la poudre ; je n'aimais pas les coups de feu ; le fleuret oui, mais jamais sans mon père ! Les livres davantage encore, cependant ceux-là ne m'attiraient pas encore, et j'étais à quatre pattes par terre, occupée à ouvrir un autre placard, sous les guides de tourisme, les dictionnaires et les cartes Michelin. Pourquoi ?

Que cherche-t-on dans une poudrière ?

J'y trouvai des cartons de cartes postales ; en noir et blanc, pas terribles ; elles suaient l'humidité glacée de la pierre ; je les retournais. Certaines écritures, de mes grands-parents, de ma mère, m'étaient familières ; d'autres non. On ne s'y racontait pas de choses bouleversantes sous de petits timbres bleutés : il faisait beau, on était bien arrivé, on s'était arrêté déjeuner... Mais peu à peu une chose m'intrigua jusqu'à me faire monter le sang aux oreilles : sur des cartes envoyées à ma mère (aucun doute, elles commençaient par « Chère Odette »), l'adresse était bien la nôtre, mais précédée du nom d'une inconnue, ou plutôt de la femme d'un inconnu : Madame Pierre V. Mon père ne s'appelait pas Pierre. Cette Madame V. était-elle ma mère ? L'avait-elle été ? L'était-elle toujours ?

La seule personne qui pouvait me renseigner, c'était toi ; tu savais tout et tu étais bavarde. Cependant tu ne m'en avais jamais rien dit ; il devait bien y avoir une raison. Je devais la jouer fine.

L'air de rien, donc, je t'ai demandé si tu avais connu le premier mari de maman. Tu as froncé les sourcils : « C'est Madame qui vous en a parlé ? » Qui voulais-tu que ce soit, le pape ? Mais elle m'avait demandé de ne rien dire, tu ne le répéterais pas, hein ! Mais non, tu ne répétais jamais rien.

Tu étais soulagée que Madame m'en ait parlé, tu avais peur que j'apprenne par l'extérieur l'existence du premier Monsieur ; tu ne comprenais pas d'ailleurs pourquoi on avait attendu si longtemps, enfin… Ah ! le premier Monsieur, il était si gentil, le pauvre ! Et si malade… Il avait attrapé une maladie des poumons en captivité, et c'est pour cela qu'ils s'étaient installés avec Madame par ici, après la guerre, on leur avait dit que l'air y était bon pour les poitrinaires.

Malheureusement, il était mort un hiver. Non, ils n'avaient pas eu d'enfants.

Anéantie, je te relançais, mais mes joues flambaient d'une horreur sacrée : ma mère avait trompé mon père avant même de le connaître !

J'ai immédiatement détesté cet homme que tu adorais, et dont toute trace avait disparu de la maison, à l'exception d'un blouson de daim fourré de chat sauvage.

Par égard pour mon père, j'imagine, il n'en était jamais question ; il disait, lui, pour dater ces limbes abominables : « avant mon règne », et il fallut que celui-ci s'achevât, que ses deux époux fussent égaux sous la terre, pour que son premier mari réapparût dans la conversation de ma mère comme s'il y avait toujours été ; elle exhuma même quelques photos de son premier mariage, en 1939, « rangées » depuis quelque cinquante ans dans un prie-Dieu. Amen !

Quand elle a cru bon de me révéler son existence, je devais avoir onze ou douze ans ; nous revenions d'une visite chez l'oto-rhino d'Angers en voiture par la route de Saint-Georges-les-Sept-Voies ; elle était au volant, je regardais aussi devant, et je n'ai eu aucun mal (vieille habitude !) à jouer les innocentes. Je lui ai fait confirmer qu'elle n'en avait eu aucun enfant. Un mort peut toujours en cacher un autre.

Ma sœur, elle, l'a su par hasard et par une amie, Jeanne-Marie Lair, fille de la dame au chapeau noir, je ne sais trop quand. Nous n'en avons jamais parlé. Enfants, nous ne nous faisions pas de confidences. Ma seule confidente, c'était toi ; les autres n'étaient pas fiables, la preuve.

Ton arrivée date donc de ce couple originel que la grande vague de la guerre avait séparé six ans, tout juste mariés, l'une résistant près de Paris, l'autre prisonnier en Pologne, avant de les déposer, enfin réunis, sur les bords de Loire dans cette maison couverte de vigne vierge, perpendiculaire au fleuve, et arrimée à un grand sapin.

Le coin ne manquait pas de bâtisses plus belles, plus grandes ou plus stylées, de châteaux, de manoirs, de gentilhommières à vendre, mais celle-là avait une âme. Maman dit : « C'est une bonne maison », et souvent même, « c'est une brave maison ». Car c'est elle qui l'a choisie, en vérité. Je n'écris pas cela par pure mauvaise foi (ce premier mari va disparaître assez vite de lui-même sans qu'il soit nécessaire que je l'élimine davantage), mais il ne joue pas un grand rôle ici. Dans les histoires de maison, les hommes ne sont jamais que des hôtes de passage.

D'ailleurs tu te refuseras à la quitter, quand nous partirons pour Paris, alors que tu avais enfin ce « chez-moi », dont tu rêvais depuis si longtemps… Tu ne finirais pas comme Radis Rose, le cœur brisé.

Et c'est parce que la maison était là, en bas de la côte de La Croix, que toi, tu y es venue. Tu ne supportais pas de rester seule, la nuit, après la

153

mort de ta mère, mais tu ne voulais pas non plus trop t'éloigner. « Maman partie, je pleurais tous les soirs, sans métier, sans argent, toute seule. » On t'avait proposé du travail chez le maire de Doué-la-Fontaine, à plus de vingt-cinq kilomètres, avec congé un dimanche sur deux, quand ma mère est venue te chercher. Tu t'es attrapée avec la femme du maire de Doué, et tu es arrivée, une semaine plus tard, en novembre 1950.

« Ces gens m'ont paru très gentils, et je n'ai jamais regretté d'être rentrée chez eux. » Monsieur est très malade ; tu n'écris pas son nom, tu commences par écrire celui de mon père, et tu le barres, ce n'était pas lui, mais comment donc alors, te rappelles-tu ? Il est d'une bonté pour toi, si grande que tu ne la qualifies pas non plus ; cet homme est rongé par le silence. Un silence de mort.

Deux ans plus tard, une nuit que tu le veilles, tu vois son cercueil flotter sur une rivière avec un bouquet de roses rouges dessus, qui se reflète dans l'eau. Tu feras le même rêve à la mort de ton neveu, Roger ; les hommes que tu aimes, morts ou vivants, portent toujours des roses.

« J'ai eu beaucoup de peine, et je me suis dit que jamais plus je n'aurai de : Bonsoir, ma petite Thérèse ! »

En te lisant, je me suis souvenue t'avoir entendue prononcer cette phrase, en bas de l'escalier, l'imitant sans doute, comme tu imitais tous les accents, quand tu racontais les histoires. Il est l'homme qui t'appelait : « ma petite Thérèse » ; le premier et le dernier sans doute. Cette affectueuse salutation le ranime sur sa banquise de silence ; il reste l'écho d'une voix dans la nuit.

Après sa mort, ma mère a voulu partir, vendre la maison, et rentrer à Paris. Mais quand des acheteurs se sont présentés, présentables, avec les moyens, elle n'a pas pu. Ces personnes, dans cette maison, c'était impensable, tout simplement.

Une vraie maison ne se laisse pas faire.

Elle a loué le premier étage.

Elle avait trente-deux ans, et toi quarante-quatre. Familière depuis toujours du malheur, tu étais présente, mais discrète dans son chagrin ; là quand il le fallait, mais jamais envahissante ; elle me l'a dit souvent. Tu étais une personne de cœur. Solide et légère. Un vrai lien s'est tissé là.

Infirmière anesthésiste pendant la guerre, l'épique expérience de ma mère n'était guère renouvelable ; les hôpitaux étaient désormais au-dessus de ses forces ; elle les avait trop fréquentés comme passagère. Restaient un verger et quelques prés ; des amis, comme la comtesse Fleury et son mari pas encore foleyant, d'autres qui habitaient au bord de la mer. Une deux-chevaux bleue au coffre bossu, et une jeunesse qui n'avait jamais eu le loisir de l'insouciance.

Étant gamine, à la foire, une bohémienne t'avait annoncé : « Il y aura beaucoup d'uniformes dans votre vie » ; ça t'avait fait bien rire. « Si j'avais su ! » ajoutais-tu.

Deux ans plus tard, le jardin était plein d'uniformes, de cavaliers en noir avec des épaulettes et des galons dorés qui avaient porté leurs assiettes dehors et déjeunaient assis sur le petit mur près des rosiers, au soleil. Ce 12 octobre 1954, il faisait beau, et mon père venait d'épouser ma mère dans la chapelle de Saint-Hilaire. La mariée était en noir, comme le marié. Pour rire, à un moment, elle a même passé sa tunique à boutons dorés ; on l'a prise en photo.

Il avait fait Saint-Cyr, était officier de cavalerie, écuyer du Cadre noir, chef d'escadrons, portait des bottes, une cravache et des décorations, toutes choses qui ne t'impressionnaient en rien, bien au contraire ! Aurait-il été mineur ou fils d'archevêque, c'était du pareil au même. Pour pouvoir épouser ma mère, il avait fallu d'abord qu'il te demandât sa main.

Oh, tu l'avais entendu venir de loin, dans ses propos à elle d'abord ; ensuite, tu l'avais vu venir à la maison, entouré d'autres personnes, et enfin, plus tard, reçu seul à table. Tu te doutais de ce qu'il se tramait, et cela ne te plaisait pas du tout. Toujours et à jamais en deuil du premier Monsieur, dressée derrière les vivants remparts de ta mémoire, tu faisais la gueule à cet usurpateur. « Grise mine », écris-tu dans tes cahiers, doux euphémisme ! Tu n'as jamais su dissimuler tes sentiments, bons ou mauvais, ils s'affichaient malgré toi en grand sur ton visage ; et comme tu n'as jamais été non plus sujette aux sautes d'humeur, quand tu avais quelqu'un dans le nez, ça se voyait comme le nez au milieu du visage, pour de bon, et ça pouvait durer indéfiniment.

À tel point qu'il s'en est rendu compte. Et un beau jour, au lieu de se présenter devant l'entrée, comme d'habitude, il est venu frapper à la porte de ta cuisine, « directement », écris-tu. Là, il t'a dit : « Thérèse, Madame et moi allons nous marier, mais soyez tranquille, je ne changerai rien en cette maison. » Ses paroles t'ont laissée « un peu honteuse » (démasquée, oui !) « mais quand même délivrée. C'en était fini de ma mauvaise mine ». Comme si tu avais été malade ! Après tout, peut-être bien.

Le militaire avait déposé les armes ; il était passé sous les fourchettes Caudines de ta cuisine ; il avait désormais tous les droits, puisqu'il n'en revendiquait aucun.

De fait, je ne l'ai jamais vu exercer la moindre autorité domestique ; je ne pense pas qu'il t'ait un jour donné un seul ordre. Homme du Sud, son pouvoir s'exerçait sans conteste à l'extérieur, sur les hommes et les chevaux, mais s'arrêtait net au seuil de la maison, domaine réservé des femmes, comme la religion. Il y amenait quantité d'invités, souvent étrangers ou extravagants, d'anciens élèves portugais débordants d'embrassades, des Japonais somnolents en plein décalage horaire, un marquis italien dont le cheval avait une trachéotomie et qui voulait enlever ma sœur, mais il n'a jamais usé de son influence contre toi, fût-ce pour faire disparaître des menus ces « satanés épinards », dont il ne manquait jamais de te féliciter.

En échange, tu faisais briller ses cuirs et ses ors ; il eut les bottes les plus éclatantes de toute la cavalerie.

Vous faisiez plaisanteries communes, et tu le laissais volontiers occuper le viril territoire des produits toxiques ou dangereux : l'alcool, le tabac, le feu et l'électricité. Quand tu es partie à la retraite chez les bonnes sœurs, il t'a aménagé une réserve clandestine de porto dans ta chambre, qu'il a toujours approvisionnée.

Finalement, un homme dans la maison, à partir du moment où il ne se mêlait pas de tout régimenter, c'était pure merveille, la cerise sur le gâteau, un vrai luxe ; l'ambianceur, comme disent les Africains, mais surtout le multiplicateur magique à bébés ; la vie, enfin !

Seulement les bébés meurent aussi.

Jeune fille incorrigible, tu as tiré ta révérence le jour de la Saint-Valentin, fête des amoureux.

« Je t'aime tant, ma Nanie, que quand tu seras morte, je t'apporterai des fleurs sur ta tombe ! » Cette phrase de gosse, gage de mon amour incandescent, t'enchantait toujours, à ma grande honte, quand tu la répétais devant tout le monde. Elle m'est revenue en montant la côte vers le cimetière de Saint-Florent, derrière ton cercueil, au bras de ma mère ; « Thérèse était la dernière qui ait vu Bertrand », m'a-t-elle glissé alors, à sa façon brusque, avant d'ajouter, en regardant son dernier petit-fils : « Je me demande à quoi pense Quentin… »

L'âge et les mèches blondes du Petit Prince, pour une fois plus angélique que diablotin, le plus jeune enfant de Laurence avait pris de lui-même la tête du cortège qu'il conduisait, seul, les mains croisées dans le dos, le regard grave, comme concentré sur une mystérieuse mission.

Et nous suivions tous ce petit garçon semblant sorti d'un conte, qui t'accompagnait jusqu'à la tombe. Qui eut l'idée magnifique de te donner l'escorte d'un enfant pour vos célestes retrouvailles ?

Bertrand allait enfin avoir une Nanie.

Et Nanie, au paradis, aurait toujours un bébé dans les bras.

Voyages

Je suis toujours empêtrée avec les coïncidences ; faut-il leur couper la tête, comme aux roses fanées, pour que le rosier remonte mieux avant l'hiver ? Ou les ignorer, les laisser monter en graine et se transformer en petites grenades orange pleines de poil à gratter ? J'en suis cernée. Par exemple : dans mon premier livre, j'avais inventé un abbé africain, béninois, qui résolvait une énigme dans le coin avant de rentrer chez lui, où il finissait évêque. Eh bien, dans *Contact*, le bulletin paroissial de Saint-Florent, dont tu n'as jamais raté un numéro, je lis qu'un évêque africain viendra spécialement du Bénin pour confirmer les enfants du patelin. Il ne s'appelle pas Séraphin, comme le mien, mais quand même !

La meilleure te concerne : les gens du Cadre noir m'avaient demandé d'écrire une introduction pour leur prochain gala. Comme c'était Mireille, que tu connais, filleule de mon cher père, première femme maître écuyer, qui a joué les messagères, j'ai accepté. Mais je n'allais pas lire ce texte. Il fallait une voix. On a tout de suite pensé à Fanny Ardant, généreuse étoile de la famille cheval, fille d'officier de cavalerie, elle aussi, née à Saumur. Seulement, on devrait aller l'enregistrer, car elle jouait tous les soirs dans un théâtre parisien. Son rôle ? Devine ! Sarah Bernhardt, avec sa jambe de bois…

Et nous voilà tous dans sa loge au théâtre Édouard VII, Mireille et Jean-Michel, beaux jusqu'au bout de leurs éperons de soirée, bijoux d'or aux talons de leurs bottines noires, un ingénieur du son tirant son magnétophone dans un chariot à provisions, et moi, pataude, ma prose immortelle et des roses remontantes du jardin emballées dans *Le Courrier de l'Ouest* (que j'ai manqué enflammer sur une bougie d'ambiance), avec la grande Fanny, d'une extravagance si familière, à discuter du charme mystérieux des femmes boiteuses, de Sarah Bernhardt, de Louise de Vilmorin, de Mme Jouve dans *La Femme d'à côté*, de toi, bien sûr.

Sur une chaise, il y avait sa fausse prothèse, mais je n'ai pas osé y regarder de trop près. Une loge, c'est un peu comme une chambre, mais Fanny n'est pas ma Nanie.

En vrai, on a coupé la jambe droite de Sarah Bernhardt, la même que toi, six mois après la tienne, le jour de la Saint-Valentin (décidément !), en février 1915. Je me doute que tu te serais bien passée de lancer cette mode-là, mais tu étais en avance sur les Parisiennes, figure-toi, et sur la plus parisienne des Parisiennes, même ! Tu avais six ans ; elle soixante-douze ; elle avait dit à son fils : « Un peu de courage ! c'est tout de même moins pénible d'être amputée à mon âge qu'à celui de nos petits ! » ; elle pensait aux soldats, bien sûr, comment se serait-elle imaginé des petits aussi petits que toi ? Une petite fille, en plus...

Son amputation était la conséquence d'un accident du travail ; à la fin d'une pièce où elle se jetait par une fausse fenêtre, un machiniste avait oublié l'édredon qui devait amortir sa chute, et elle s'était cassé la jambe pour de bon. Mais elle a continué à jouer, avec ou sans prothèse, plutôt sans m'a dit Fanny, trônant dans sa cathèdre comme toi sur ton montauban, au front pendant la guerre, puis à travers toute l'Europe et même l'Amérique, jusqu'à sa mort, à presque quatre-vingts ans ; sa devise : « Quand même » t'aurait plu. Une manière crâne mais polie de dire zut.

Tu avais quinze ans quand Sarah Bernhardt est morte ; elle était célèbre dans le monde entier, même chez les Peaux-Rouges, mais la connaissait-on à Chênehutte-les-Tuffeaux ? À la ferme de La Croix, en 1923 ? Elle n'a jamais joué au théâtre de Saumur, et de toute façon, vous n'y êtes jamais allés non plus. Ne pas se croiser à ce point-là, cela tient du miracle. Seulement j'ai trouvé joli que, dans cette loge où Fanny lisait mon bout de papier, tout doucement, devant un micro, pour l'amour d'un père disparu, elle aussi, comme une confidence, il y eût dans un coin cette fausse jambe artificielle, véritable paratonnerre contre les gros chagrins des petites filles. Objet contraphobique, selon le nom que les psychanalystes donnent aux ours en peluche.

Qu'avais-tu de commun avec Sarah Bernhardt, ma Nanie ? Quelques longs poèmes patriotiques gravés dans une tête de mule, l'acharnement au travail, l'amour des animaux (elle en a eu autant que d'amants, dit-on) et celui des voyages — même si nos animaux étaient moins exotiques et nos voyages plus modestes.

« Je pense dire que le meilleur temps que j'ai passé, c'est quand je partais en vacances... » Partir, c'était ton grand spectacle à toi, la grande aventure de l'année. Après deux jours consacrés à « faire les malles », qui t'avaient vue monter à l'assaut des placards les plus lointains de la maison, perchée sur un escabeau, assurée par ton assistante, on entendait tard dans la nuit les téléphonages d'adieu de maman à la moitié du monde civilisé. Le lendemain, il fallait encore une bonne partie de la matinée pour « charger la voiture ». Ne pas rire quand de grosses valises aux coins métalliques s'obstinaient à ne pas s'assembler dans le coffre, malgré un concours de jurons masculins que dominait Marcel, le jardinier des légumes, champion dans la récitation d'interminables chapelets de noms divins ; puis la galerie, où tu surveillais l'installation de ta jambe de rechange dans son emballage de papier kraft, au milieu de tout un bazar recouvert d'une toile cirée que retenait une agressive araignée de tendeurs en caoutchouc. Enfin, au moment des embrassades, apparaissait le sac oublié : il y en avait toujours un, et on ne pouvait le caser nulle part. L'idée « les filles n'auront qu'à le mettre entre elles », régulièrement exposée, se heurtait à l'évidence : on était déjà trois derrière, sans compter une ménagerie de deux à trois chiens officiels et d'un hamster clandestin, nos sacs à main du dimanche, des illustrés, les bonbons à la menthe, le sirop de menthe, l'alcool de menthe, et les manteaux de pluie sur la plage arrière, sous les grosses jumelles.

On partait toujours avec deux heures de retard, selon cette fameuse exactitude militaire. Monsieur au volant, lunettes de soleil et gants de sport, les nerfs en vrille, Madame à côté, la jupe recouverte d'une première carte Michelin, le sac oublié dans les pieds, et nous trois derrière : toi, Laurence et moi, sous nos manteaux mobiles de fourrure canine, agitant tous une main par les fenêtres jusqu'à la départementale. Cet exercice, obligatoire, s'intitulait « bonjourer la population ». Nous en pratiquions d'autres en cours de route, comme baisser la tête en passant sous les ponts, pour ne pas y rester accrochés, ou se pencher dans les tournants, pour faciliter la manœuvre.

Et quand on partait, on n'était pas « rendus »,

comme on dit par ici. On pouvait crever un pneu, pique-niquer au bord d'une fourmilière, vomir dans les fossés, s'embourber, se désembourber, égarer un chien, adopter un caneton, réanimer une pintade étourdie fauchée par le pare-chocs, enfermer les clefs à l'intérieur de l'auto, ou rater l'embranchement de Cahors, péripéties dont tu parlais longtemps après. La route, c'était ton vrai cinéma en couleurs. Tu collais contre la vitre un regard goulu, plein d'une insatiable curiosité. Tu étais un public plus attentif que nous à la lecture publique du Guide vert. Bonne élève, toujours. Tu écoutais, bien sage, en guettant l'apparition de ces départements, préfectures et sous-préfectures dont tu connaissais par cœur la longue litanie depuis le certificat d'études. Tu t'extasiais devant leur existence réelle. Tout était merveille à tes yeux.

Tu te régalais au restaurant, claquant la langue, même pour une macédoine de légumes, et tu partageais les fous rires de nos nuits d'hôtel : ta présence dans notre chambre entraînait fatalement celle d'un lit supplémentaire souvent difficile à apprivoiser, surtout quand il conservait les réflexes agressifs de ses origines pliantes ; à Bergerac, nous avons dû renoncer : saisi de hoquets, le troisième lit claquait comme un livre et se refermait sur son occupante dès qu'un chien, au premier signe de sommeil, se croyait autorisé à sauter sur l'édredon…

À chaque étape, les chiens nous attiraient une

popularité napoléonienne. La douce Kila, l'allègre Raudi, et leur progéniture de l'année, Sandy ou Verrie, baladaient au ras du sol une bonne humeur trépidante et contagieuse. Débordants d'affection à l'égard de l'humanité en général et des inconnus en particulier, ils ne pouvaient s'empêcher de se rouler à leurs pieds, se précipiter sur leurs genoux et les lécher dans le cou, ivres de bonheur. Comme ils ne ressemblaient pas à grand-chose, sinon à des boules de poils dont il était difficile d'apercevoir les yeux, on nous demandait souvent leur race, et si nous avions un élevage. La race, fastoche, c'était teckel à poil dur, mais pour l'élevage, c'était une question difficile, que nous n'avions jamais maîtrisée.

Déjà, au départ, on avait des problèmes pour distinguer le sexe des bébés. Cannelle, ta chatte préférée, fut le chat Tapioca jusqu'à sa première portée... Dans tes cahiers, où tu fais des listes d'animaux en les regroupant par « famille », tu notes les mœurs bizarres de cochons d'Inde angoras, qu'on nous avait rapportés du Canada, en nous précisant qu'il s'agissait de deux mâles. Un mois plus tard, ils étaient quatre, puis huit, puis seize, suivant une progression arithmétique qui aurait enchanté nos professeurs, mais emplissait le chenil de façon inquiétante. Or, nous étions habitués aux hamsters, faciles à caser (la marchande de couleurs, qui s'octroyait la même scandaleuse marge bénéficiaire que les

bonnes sœurs avec les carambars, me les ache-
tait cinq francs pour les revendre dix !) quand ils
atteignaient l'âge adulte, ce qui n'était pas souvent le cas, car ils pratiquaient la régulation des
naissances à grands coups d'incisives. À chaque
nouvelle portée, papa hamster flanque une
rouste à sa femme et dévore systématiquement
toute sa progéniture. Il est prudent de l'éloigner
de la maternité. En son absence, maman hamster
se contente de croquer ceux de ses enfants
qu'elle estime de trop. Plus de la moitié, en
général. Le reste du temps, elle est herbivore et
plutôt câline.

Bref, quand les cochons d'Inde angoras du
Canada à longs poils tricolores, issus de ce couple
homosexuel prolifique, eurent dépassé la vingtaine, on nous demanda en haut lieu de trouver
une solution. Nous nous crûmes sauvées par une
petite annonce que tu avais lue dans *Le Courrier
de l'Ouest* : le zoo de Doué-la-Fontaine recher-
chait des cochons d'Inde. Les nôtres étaient si ori-
ginaux que nous ne doutions pas qu'ils eussent
leur place dans ce lieu célèbre pour laisser les animaux, dont notre préféré, l'hippopotame Cla-
foutis, en semi-liberté. On téléphona : il n'était pas
question d'exposer les cochons d'Inde, mais de les
livrer vivants à l'appétit des boas et autres pythons,
fleurons de l'établissement. Impensable. Atroce,
finir en bosse dans le ventre d'un serpent ! Que
faire ? Les donner ? Nous en avions déjà donné
tant que nous pouvions ; toutes nos relations

avaient été arrosées de cochons d'Inde. La seule personne qui nous en ait jamais réclamé un autre avec des larmes dans la voix était une copine de ma sœur qui, séduite par la chevelure du sien, avait entrepris de lui faire une mise en plis à laquelle il n'avait pas survécu. Mort sous les bigoudis, victime de la mode. Mais les autres bénéficiaires de nos largesses n'étaient pas aussi inventifs.

Quand la fin de l'année scolaire arriva, le cheptel reconstitué tournait autour de la trentaine, et, comme d'habitude, l'école réclama des lots pour sa kermesse. La première, tu eus l'illumination : le cochon d'Inde serait encore mieux que le poisson rouge traditionnel ! Un vrai beau lot. Tu insistas beaucoup sur la présentation ; il s'agissait de faire de l'effet. Tu mis au point l'emballage : un joli petit cageot fermé par un grillage vert qui laissait voir l'animal sur un lit de foin frais avec deux belles carottes et une demi-pomme. Succès immédiat ! Dès le samedi matin, tous les gosses en voulaient. Ils en auraient. Le samedi après-midi, tu avais trouvé l'astuce de garnir les cageots, en priorité, de femelles pleines... Nos cochons d'Inde canadiens cachaient des poupées russes ! Dont nous fûmes débarrassés, grâce à ton génie, en trois kermesses, jusqu'au dernier. Le seul problème fut d'éviter ensuite les parents de leurs nouveaux propriétaires.

La sexualité canine était tout aussi ingérable, dans un autre genre. La chienne Kila, petite

boule de poils noirs très doux, n'avait jamais ins-
piré la moindre émotion au grand Chouichi,
chien rapatrié d'Algérie par maman, très
méditatif et friand de siestes au soleil. Ils s'igno-
raient, et Kila atteignit l'âge de neuf ans
(soixante-trois ans en taille humaine) sans avoir
convolé ni enfanté, la prunelle mélancolique.
Son instinct maternel se révéla à l'arrivée du
chaton Tapioca (future Cannelle). Nous l'avions
trouvé dans les vignes, orphelin pas sevré, tenant
à peine sur ses pattes, et essayions de le nourrir
au biberon de poupée, sans aucun succès. Pendant le dîner, où nous avions le dos tourné, tu vis
Kila aller le prendre par le cou dans sa gueule
pour l'installer dans son panier. Tu laissas faire.
De toute façon Kila, qui n'avait jamais haussé le
ton de toute sa chaste existence, grognait en
montrant les dents dès que quelqu'un essayait
de s'approcher de son territoire. Elle avait léché
le petit (façon chien, il était trempé !) et l'avait
installé entre ses pattes.

Le lendemain matin, la chienne ne grognait
plus. Mais personne n'osait s'y risquer, de peur
que… Au bout d'un moment, quand nous fûmes
toutes réunies à ne pas la regarder de loin, les
yeux mi-clos, en soupirant, Kila souleva une
patte pour nous laisser admirer le petit chaton
ronronnant qui la tétait en lui patassant les
mamelles à toutes griffes ; elle avait le regard las
et fier des jeunes accouchées. Vierge et mère
nourricière, avec du vrai lait, que tu eus toutes

les peines du monde à lui faire passer à coups de cataplasmes aux herbes, quand l'éducation de Tapioca fut achevée, et qu'elle se lassa de trimballer partout un individu qui utilisait sa queue comme tire-fesses pour glisser sur les parquets.

À cette époque, sans doute inspirée par ces émouvants événements, ma sœur se mit à réclamer à cor et à cri un petit frère, et, de la même façon que, plus tard, quand je leur réclamai une mobylette, ils me donnèrent une bicyclette, nos parents lui offrirent un petit chien. De la race de Kila, il venait d'un élevage alsacien et portait un nom trois fois plus grand que lui, plein de *von* Trük et de *von* Machinschöse, à faire pâlir de jalousie tout le gotha de la Germanie. Il arriva par le train, dans une cage, en mai 1968. La gare de Saumur avait voté la grève, mais des employés de la SNCF, qui aimaient les animaux, avaient téléphoné à maman de venir le chercher quand même. Le gars qui le lui remit en douce, à la lecture de toutes ses étiquettes, s'émut à la pensée que ce chiot, de la taille d'un souriceau, devînt un jour un berger allemand...

Raudi ne devint jamais un berger allemand. Très rigolo, toujours de bonne humeur, champion de galipettes, ce briseur de grève brisait tout ce qu'il trouvait à sa hauteur, renversait les tabourets et bouffait les rideaux. Ma sœur, qui avait de la suite dans les idées, le promenait à travers le jardin dans un vieux landau d'enfant, dont il bondissait à chaque tournant. Les choses en étaient là quand le ventre de Kila se mit à grossir ; il était tout dur. On convoqua le vétérinaire militaire, képi amarante et moustaches noires, qui diagnostiqua une constipation et fit une ordonnance pour un grand pot de confiture rose pâle. Kila en mangea, et mit bas dans la nuit trois petits dont l'un était le portrait de son père : le gamin dans le landau, le roi de la galipette. À dix ans, elle avait fricoté avec un chiot de six mois, dont personne ne s'était méfié, et dont personne ne se méfia par la suite, puisqu'au mépris de toute morale bourgeoise il fit un enfant à sa propre fille, Sandy.

Kila allaitait sa nouvelle progéniture, Laurence et moi avions rangé la précieuse « confiture pour avoir des enfants » au-dessus de la penderie du cabinet de toilette, quand notre père évoqua à table le cas d'une jument de l'École dont le ventre grossissait de façon inquiétante. L'imperturbable vétérinaire militaire, moustaches noires et képi amarante, avait diagnostiqué une nouvelle constipation, et lui avait recommandé davantage d'exercice, d'obstacles à sauter dans les bois. Nous ricanâmes : elle était enceinte, elle allait accoucher ! On nous reprit : d'abord on ne dit pas « enceinte » ni « accoucher » pour un animal, ensuite, s'il y avait très peu de juments à l'École de cavalerie, il y avait encore moins d'étalons, la chose était impossible.

Elle fit pourtant la une des journaux locaux :

« Carnet rose au Cadre noir : la jument Pirogue a mis bas une pouliche. » Ils la baptisèrent Gondole, et toute la population saumuroise défila lui rendre visite dans les écuries du Manège, du sucre plein les poches. Le général s'alarma d'un tel lupanar, et papa, qui n'avait pas su veiller sur la vertu de ses troupes, en assuma les conséquences : « Dites donc, Saint-André, vous habitez à la campagne, non ? » Mère et fille débarquèrent à la maison. Je fus chargée de faire travailler Pirogue (car elle était fonctionnaire, jument de l'État, et ne devait sous aucun prétexte, fût-ce de congé maternité, voler l'avoine des contribuables en batifolant naseaux au vent !) que je montais dans les prés, selon un programme détaillé, escortée par la jeune Gondole. Quand elle avait faim, elle se cabrait en posant les sabots contre la croupe de sa mère, et nous faisions un arrêt buffet pour la laisser téter.

La reproduction des mammifères à poils recelait ainsi d'insondables complexités, dont les aimables voyageurs qui nous interrogeaient benoîtement sur notre élevage de chiens n'avaient pas la moindre idée. Nous avions renoncé, sur tes conseils, à leur expliquer que l'allègre Raudi se baladait avec Kila, son épouse, qui aurait pu être son arrière-grand-mère, et avec son fils, qui était aussi, en réalité, leur petit-fils à tous les deux ; ils n'y auraient rien compris.

Ensemble, nous avons découvert l'océan Atlantique à Saint-Jean-de-Monts, Pornichet,

La Baule et Arcachon ; les plaines de la Brie à Sainte-Avoye avec la ronde des moissonneuses-batteuses dans la nuit, et les montagnes du Massif central, à Thiézac (« saumon fumé de la Baltique, supplément huit francs ») où les vaches portaient une cloche autour du cou. Tu as vu Paris et ses faubourgs, la tour Eiffel, les bateaux-mouches et le pape. Et même le pape sur un bateau-mouche sous nos fenêtres, en 1980. Violette prétendait qu'il l'avait regardée dans les yeux, avenue Bosquet, quand il rentrait à la nonciature, tu te rappelles ?

Un sacré phénomène, Violette. Quand elle était entrée au service de ma grand-mère, à la ferme de Valenton, dans la banlieue parisienne, la vraie, la rouge, elle avait dix-sept ans et s'appelait Égalité, ce qui était très bien porté dans sa famille communiste. (Sa sœur s'appelait Liberté.) Grand-mère, qui s'appelait Marguerite, lui chercha un prénom plus fleuri. Violette, donc, est restée jusqu'à la retraite au service de Marguerite, vivant chez les cocos, travaillant chez les cathos. Après quoi, n'ayant plus de comptes à rendre, veuve et arrière-grand-mère, toutes choses enfin égales, le mur de Berlin tenant encore debout et bien droit, elle se fit baptiser à Lourdes. Violette devint son vrai prénom ; elle envoya une carte de la grotte et un cornet de dragées à Marguerite.

Espèce de géante, grande et costaude, tendre yeti, cette ancienne nounou de ma mère adorait ma sœur qu'elle gavait de rouleaux de réglisse avec une bille d'anis au milieu. Le dimanche, à Valenton, elle nous emmenait avec toi jouer chez sa belle-fille Anita, qui habitait une HLM à la cité de La Lutèce, dans un appartement orné d'une tapisserie avec des biches au bord d'un lac et d'éventails à dentelles venus de son pays, l'Espagne. Anita était d'un blond décoloré qui nous éblouissait.

Tu es allée plusieurs fois en pèlerinage à Lourdes avec Violette, après son baptême. Un coup en train avec le pèlerinage de Valenton, un coup en autocar avec celui de Saint-Florent. Tu as vu les montagnes Pyrénées. As-tu joué un rôle dans sa conversion ? Moins que ma grand-mère, sans doute, mais dans le fond, je n'en sais rien. Forcément vous vous connaissiez depuis très longtemps, et vous voyiez au moins pendant toutes nos vacances à Valenton.

Mais tu préférais le Tarn (préfecture Albi, sous-préfecture Castres) au Val-de-Marne (préfecture Créteil, sous-préfecture ? — Ah ! cette génération qui ne sait même pas ses départements !), les vacances chez Mamie, notre grand-mère paternelle, dans le « Midi moins le quart », le Sud-Ouest. Plus lointaines, plus rares, plus aventureuses. C'était comme aller à l'étranger dans un pays dont on comprenait la langue. Nous guettions, pendant le voyage, de pompe à essence en pompe à essence, le moment où apparaîtrait l'accent qui faisait nos délices et suffisait à enchanter le monde, à le mettre de joyeuse humeur, à marquer la frontière avec ce pays de briques roses et de tuiles rouges, de soleil permanent, de gros arbres platanes, de cuisine à l'huile qui faisait croustiller la peau des poulets et fondre le cœur des aubergines, et où même les grandes personnes prenaient leur goûter en buvant de l'orangeade.

Un pays des antipodes où l'on fermait les volets le jour pour les ouvrir la nuit. Où le café au lait était du lait au café. Où l'on nageait dans des lits à rideaux grands comme des bateaux. Où la cuisine était féminine, l'affaire de Maria, mais le service de table masculin, l'affaire d'Ernest, son mari, dans sa veste blanche comme ses cheveux, deux sourires aux yeux pétillants de rides, qui te recevaient chez eux pour te gaver de gâteaux variés, de « douceurs » disaient-ils, tous les après-midi après la sieste.

Car il était hors de question que tu fasses quoi que ce soit dans ce pays de cocagne, sinon bavarder et te laisser chavirer par cette merveille d'accent, le seul que tu n'aies jamais réussi à imiter, mais que ma sœur et moi attrapions au bout de deux jours, roulant les *r*, ouvrant les *o*, sortant les *e* muets de leur placard, et ponctuant nos phrases de sonores « pute borgne ! » — à la consternation familiale. « Dans nos milieux », on parle français ou languedocien, langue d'oïl ou langue d'oc, mais pas français avec l'accent du Languedoc, cet abominable compromis. Très laid. On sait rester pâle et pointu, même pour maudire Simon de Montfort.

Avec Ernest, notre père parlait le languedocien et surtout pas l'occitan, fabrication universitaire qui le faisait pester, à l'instar de mes vieilles voisines du Finistère, quand elles entendent sur FR 3 le « breton chimique » que baragouinent les présentateurs diplômés des écoles Diwan. Les langues orales, libres de changer de couleur à chaque village, coulent de bouche à oreille, complices, s'adaptant au plus petit caillou du moindre ruisseau, au plus petit talus de la moindre colline, au plus secret du moindre cœur d'enfant. Attrapées dans les filets des professeurs, emprisonnées dans l'écriture, figées par l'encre séchée, unifiées, normalisées, elles deviennent des langues mortes, des langues qui ne s'apprennent qu'à l'école, et que ne parlent que ceux qui y sont allés. En général avec un accent parisien assez comique, d'après les autochtones. Le languedocien n'était pas la langue maternelle de notre père, mais sa langue nourricielle, celle que la vieille Aline lui avait chantée en des berceuses où le sommeil arrivait sur le dos d'une chèvre, chose inouïe dans le reste du monde, comme le frissonnant martyre de sainte Catherine (« au douzième coup de hache, la tête lui trembla »), et le *Se canto*, hymne pyrénéen où un amandier fait des fleurs blanches comme du papier…

Nous n'avions pas cela entre nous ; le français était notre seul patois, sur les bords de la Loire, à mon désespoir. Il ne fallait pas te pousser beaucoup, nos soirs de délire, pour que tu te mettes à parler comme un paysan de Molière. Avec des « J'avions ren compris », « Qu'on qu'c'est'y donc qu'c'est qu'ça ? », « La Louère », « Ben dame, ben sûr ! ». Mais c'était pour rire, personne ne parlait ainsi dans ta famille. On n'y pratiquait pas davantage l'imparfait du subjonctif, malgré la réputation de la région qui aurait voulu que la langue française y poussât dans un état de perfection naturelle. Simplement n'avoir aucun patois, aucune langue de repli pour cacher ses secrets, pousse à chercher tous les replis secrets de la sienne, à en jouer sur toute la longueur de l'archet quand les autres n'utilisent que les centimètres du milieu, et si ton vocabulaire conservait des « souventes fois », « badigouinces » et autres « boustifailles » datant de Rabelais — un gars du pays —, elle agrégeait aussi des expressions entendues sur Radio Luxembourg. Attentive à ne pas commettre de fautes, extatique devant le beau parler, tu essayais les accents comme les variations inconnues d'une musique qu'on n'en finirait jamais d'apprendre.

Seul, l'accent du Midi te résistait. Tu n'arrivais pas à rouler les r, frontière trop lointaine — ou problème de dentier. Tu n'essayais même pas. Tu écoutais Ernest et Maria, enchantée, comme au concert. Ils avaient aussi une chose merveilleuse que le monde entier a possédée avant nous : la télévision. Autre agence de voyages.

On la voyait les dimanches de sortie chez les parents de l'Yves, chez Anita, ou chez tes neveux, toutes nos camarades d'école l'avaient, mais pas nous. « Dans nos milieux » il valait mieux montrer son derrière qu'avouer regarder la télévision, réceptacle d'imbécillités qui menaçait d'engloutir les veillées au coin du feu, la conversation, la lecture et la broderie au petit point, soit vingt siècles de civilisation au total, dans un même gouffre de vulgarité et d'abrutissement. Ceux qui l'avaient la cachaient dans un placard. Avec cet instrument, on laissait entrer chez soi des individus qui ne s'étaient même pas présentés, n'importe qui disant n'importe quoi n'importe comment, danger phénoménal, surtout pour les enfants. Comme s'il ne suffisait pas de leurs professeurs pour leur enseigner l'immoralité et la révolution, les joies de la pilule et l'immarcescible génie du Président Mao !

Nous, on aimait Zorro et le sergent Garcia, Belle et Sébastien, Sheila et Cloclo, le commandant Cousteau et la *Calypso*, on ne voyait pas le péril. Mais on ne les aurait jamais regardés, eux non plus, si grand-mère, de passage, n'avait eu la délicatesse de faire un infarctus en pleine messe de Toussaint, qui la cloua au lit à la maison pour un bon moment. Elle fut installée dans la chambre parentale, une télévision de location à ses pieds. Quand elle partit, guérie, la télévision resta. Placée sous le contrôle de *Télérama*, ceinture de chasteté intellectuelle qui publiait l'avis de l'office catholique du cinéma, de T (pour tous) à AAR (pour adultes avec réserves), et allumée à doses homéopathiques, dans le silence et l'obscurité.

Dès que la censure avait le dos tourné, on se goinfrait de télévision, regardant tout, même les opérations à cœur ouvert. Sous ta surveillance, bien entendu...

Avec toi, la télé devenait un sport de glisse collectif, des montagnes russes où l'on se laissait embarquer dans toutes sortes d'histoires en poussant des Oh et des Ah dans les tournants, riant et pleurant, toutes lumières allumées, la cervelle moitié débranchée. Cette drogue puissante, avaleuse de temps et dévoreuse d'espace, nous emmenait sous les mers et dans les airs, jusque sur la Lune. Sacrés trips ! Et quand c'était idiot, c'était encore meilleur, ce que ne comprendront jamais les malheureuses personnes qui ne savent pas voyager sans un guide, ni faire musée buissonnier sur une plage à palmiers. Le bonheur de regarder des bêtises leur échappe totalement ; elles croient qu'on ne le fait pas exprès, mais si ! Et comment ! Elles nous crient : Attention, vous êtes en train de perdre votre temps ! Comme si ce n'était pas dans nos moyens, comme si nous n'avions pas droit à ce luxe qu'elles ignorent ; comme s'il n'y avait pas, aussi, un immense plaisir à jeter le temps par les fenêtres !

En a-t-on passé des soirées, ma Nanie, à

regarder la télé dans ta cuisine, quand elle y fut installée plus tard… Assise au coin de la table, jambe dépliée, bras croisés sur la toile cirée, sourcils froncés, il ne fallait pas t'embêter. (Malheur à tes nièces, quand elles venaient te voir à la maison de retraite pendant *Dallas* !) Même Cannelle était reléguée sur le radiateur. Commenter, oui, mais sans interrompre, dans les blancs. Ni trop ni trop peu. Juste une pincée de sel. Pour se sentir ensemble. Partager les mêmes sensations. Se faire de nouvelles relations communes. Petits coups de coude dans les côtes, petite Ricoré en poudre, petites caresses sur la joue, soupirs d'aise. Tout un art. Qui remplaçait très bien ces fameuses veillées dont tu te souvenais qu'on ne s'y disait pas grand-chose, et que cela valait mieux ainsi.

Je te laisse, Jaja me fait signe : c'est l'heure de *Star Academy*.

Nous deux

La Loire a débordé dans la nuit ; ce matin on s'est réveillés au bord de la mer avec le cri des mouettes, les prés engloutis sous une eau jaune de Naples, paille transparente, d'un or mat très pâle. Magique. Comme pour une première neige, tout se transforme, l'horizon s'élargit, un silence se crée, et nous, sans bouger, on voyage, on regarde changer le paysage depuis les hublots de la bibliothèque, en croisière dans la maison. Les hérons cendrés font une drôle de tête sur les peupliers raccourcis, nos corbeaux péquenots se font rembarrer par des goélands hâbleurs, et Xavier est allé aider André Grasset à mener ses vaches sur le coteau avant qu'elles se mettent à la brasse. Sans affolement. Ils ont le temps. La Loire ne déborde pas sans prévenir, à toute berzingue, comme ce fleuve présumé assassin dont je tairai le nom, qui se maquille de boue pour violer des villages entiers et bazarder tout son monde cul par-dessus tête ; pauvres taureaux, pauvres chevaux de Camargue, généreux perchoirs à aigrettes, embarqués par des flots fous furieux, sans égard pour votre bravoure et votre noble cœur !

La Loire n'est pas une brute. Elle se répand doucement comme un Nil solennel dans les annexes inondables qui la bordent et lui appartiennent, ses domaines et dépendances de toute éternité, les prés de Loire, que personne ne lui dispute jusqu'à la départementale. Ensuite, si l'envie lui vient de traverser, elle passera sous la route, sans embêter personne. Dernier fleuve sauvage de l'Europe, libre du moindre collier de barrages, la Loire, fleuve des rois, est aussi le plus civilisé, le mieux élevé, le plus aimable envers ses riverains. Et quelle beauté, ma Nanie, quelle beauté !

Tu étais plutôt sensible à ses dangers. Tes cahiers rapportent le fameux hiver où elle avait pris des allures de banquise et gelé jusque de l'autre côté de la route, dans l'ancien verger aux pommes. Ça nous avait donné des idées de glissade, mais la glace s'était rompue sous mes bottes en caoutchouc. J'en fus quitte pour une bronchite que j'avais oubliée — pas toi. La Loire n'était pas un terrain de jeux, il fallait le savoir. Ne pas s'y baigner, car elle était pleine de tourbillons, ne pas la canoter, car son courant était trop fort, ne pas y pêcher de poissons, car ils empesteraient la vase que même les chats n'en voudraient pas, ne pas y glisser, car elle n'était pas une patinoire, bref la Loire était comme ces magnifiques jouets à l'étalage des grands magasins : on ne devait la toucher qu'avec les yeux.

On n'y prend pas garde, mais à force, le regard change ; il se suspend. Quelquefois tu pouvais te mettre à fixer un point du mur, les bras croisés, bien aise dans tes pensées, et revenir parmi nous de ce rêve éveillé, longtemps après, avec un simple soupir, comme si de rien n'était. Ça m'arrive aussi, paraît-il. Comme de regarder les gens à ta façon, dans les yeux, indéfiniment, avec un vague petit sourire en coin, à la recherche d'une île ou d'un éclat de soleil sur leur horizon. On m'y a prise plus d'une fois ; cela gêne certaines personnes. Toi jamais, ô grand baromètre de ma conscience : « Regardez-moi donc en face ! » Ma bouée d'ancre flottait depuis toujours au fond de tes yeux.

L'amour au premier coup d'œil, c'est comme ça que les Anglais appellent un coup de foudre. Tu m'as tenue sur les fonts baptismaux. Sur une photo, à la sortie de l'église, dans tes bras, je te dévisage à perte de vue, déjà. Je suis le Bébé à majuscule de tes cahiers, un Bébé idéal : volubile et immobile. Je parle « comme une pie tout en gesticulant des mains », ce qui te plonge dans l'admiration, mais je ne marche qu'à vingt-deux mois, sans doute pour ramener sur ma personne une attention soudain dispersée par la naissance de ma sœur, très mobile au contraire, une dégourdie qui n'attendra pas trois secondes pour escalader son parc et te faire tourner en bourrique par ses cascades insensées. Les louanges de mon infinie sagesse et les citations de mes paroles incomparables, dont tu l'abreuvais à longueur de journée, lui faisaient recracher ses yaourts à l'horizontale, comme une fumée de cigarette.

Tu cites deux épisodes de notre enfance pour t'avoir chacun arraché des torrents de larmes. La première fois où nous t'avons souhaité la fête des mères, en t'offrant un petit bouquet, et le jour où le coiffeur a coupé nos cheveux, que tu prenais si grand plaisir à coiffer, le matin, avant l'école.

Ne voyant pas l'utilité d'un jardin d'enfants pour des enfants qui avaient un jardin, maman m'a mise à l'école le plus tard possible, vers sept ans. Grâce aux leçons d'une vieille institutrice, je savais déjà lire ; on m'avait fait sauter une classe. Et grâce à toi, ma Nanie, qui aimais tant me tresser de jolies nattes, je ne savais ni lacer mes chaussures, ni boutonner ma blouse, ni ranger mes affaires. J'étais inapte, inadaptée. Assez gourde, en somme. Impossible de fermer mon pupitre une fois que j'eus mis tous les livres dedans. Le couvercle rebiquait. Je croisai les bras dessus, j'appuyai. Plus de tableau noir en vue. Ma voisine, interloquée, s'émut ; elle rangea mon bureau ce jour-là, le lendemain et encore après. D'autres renouèrent mes lacets jusqu'à ce que tu inventes le double nœud inoxydable. Quant à la blouse, il suffisait de l'enfiler par la tête, comme un tricot, pour que la question des boutons ne se pose plus.

Cette incapacité à faire ce que tout le monde savait faire me valut toujours, sans que je le demande, le secours des personnes généreuses, la protection des plus redoutables et le mépris des demi-sel. Je n'eus jamais à m'en plaindre. Les terribles « Filles de la Miséricorde », orphelines ou assimilées, éternelles redoublantes, qui fréquentaient la même petite école en bandes parfois mauvaises, me prirent sous leur aile ombrageuse, reconnaissant sans doute en moi aussi une autre sorte de cas social. En échange, je leur racontais des histoires mirobolantes brodées à partir d'une vie familiale imaginaire pendant l'interminable récréation d'après cantine, comme une espèce de feuilleton. Elles m'adoptèrent définitivement un matin noir de décembre, quand mon père arriva dans la classe avec une petite branche du grand sapin et deux guirlandes électriques ; les lumières de Noël avaient transpercé de diamants leur triste couverture d'épais ennui scolaire.

La seule chose que tu m'aies apprise à faire de mes doigts, c'est à repriser les chaussettes. Tu devais penser que, même raté, le résultat ne serait guère visible. Pour le reste, tu préférais faire les choses à ma place, vite et bien, que me laisser m'escrimer dessus maladroitement pendant des heures. J'étais tout à fait d'accord, mais ma mère pas du tout. Elle trouvait ce principe antiéducatif, les enfants étant faits pour en baver le plus tôt possible, afin de les préparer à leur future vie d'adulte, où ils en baveraient bien davantage encore...

Ce désaccord philosophique conduisit certaines de nos activités à une totale clandestinité. La couture, surtout. Il fallait terminer à la maison les rangées de points de chaînette et autres boutonnières commencées à l'école. Au début, tu te contentais de « m'avancer », mais il y avait une telle différence de style entre mes pauvres zigouigouis et tes élégants jambages, que tu finissais par défaire ce que j'avais fait, pour tout reprendre de zéro, dans ta chambre, où je te retrouvais le soir, à l'abri du regard maternel, qui observait dans mon livret scolaire la très louche ascension de mes notes en la matière... Pas dupe, maman douta ; elle persiste. Chaque fois que nous passons devant le petit canevas à fleurs jaunes, au-dessus du radiateur de sa chambre, seul cadeau survivant de ma période manuelle, elle m'arrête : « Dis-moi la vérité, c'est Thérèse qui a terminé le fond, n'est-ce pas ? »

Ma mère pensait (et pense toujours) qu'il faut « armer » les enfants. La grammaire latine, le solfège et la gymnastique font partie de l'arsenal indispensable, non à cause de l'intérêt qu'ils peuvent présenter, mais de l'effort qu'ils exigent. Quiconque s'est arraché les cheveux sur un thème latin et brûlé les mains contre une corde lisse a vite compris qu'on n'était pas sur terre pour rigoler, mais pour lutter contre les forces du mal. Depuis sa jeunesse, elle appartient aux troupes combattantes de la vie, engagée sur tous les fronts dans un monde où l'effort sera récompensé, le travail payé, le mérite médaillé, et où les bons finiront par triompher des méchants sur fond de soleil couchant. Les preuves du contraire ont beau s'accumuler sous son nez à chaque bulletin d'informations, elle garde la foi, comme Maurice dans l'horreur boueuse de Gurs : si l'on ne baisse pas les bras, un jour viendra où... Tout relâchement s'apparente à une capitulation. Quand Franck Marché lui demande pourquoi elle s'est engagée dans la Résistance, elle répond : « Je n'y ai aucun mérite, mes parents m'ont bien élevée. » Moralité : une enfant qui ne fait même pas l'effort de lacer ses chaussures finira un jour par livrer son pays à l'ennemi. J'étais mal barrée.

Tu étais aussi très bien élevée, à tous les sens du terme ; seulement quand on vous coupe une jambe à l'âge de six ans, et qu'on se retrouve blessé avant la bataille, on se méfie des armes ; on croit aux ambulances. On appartient aux populations civiles, celles qui se font exterminer sans raison dans un monde où le travailleur le plus acharné n'a aucune chance de devenir Crésus, à moins de gagner au Loto. Innocente et meurtrie, ballottée dans une carriole pour être livrée à la scie du chirurgien, sans le secours des autres, tu ne t'en serais jamais sortie. La force de caractère t'est venue ensuite, et ta jambe portant armure, comme celle de Jeanne d'Arc, était le signe éclatant de ton grand courage. Mais on avait d'abord grand besoin d'aide dans l'existence. Mieux valait faire pitié qu'envie. Et d'une certaine façon, tu m'avais désarmée.

Mes lacets dénoués, mon pupitre infermable et mes gestes inachevés me désignaient à l'affection des personnes secourables comme ta fille bien-aimée. À côté de mon étrange nom, brodé au point de tige, tu avais aussi écrit le tien, à l'encre sympathique, sur ma blouse d'enfant abandonnée dans une cour d'école. Les « Filles de la Miséricorde », à qui la lecture posait tant de problèmes, n'eurent aucun mal à le déchiffrer. Les premières de la classe n'y seraient jamais arrivées, dans l'hypothèse hasardeuse où elles auraient daigné lever le nez de leurs cahiers. Le regard rivé au sol, elles fréquentaient les filles qui avaient le même nombre qu'elles de pompons à leurs mocassins.

Grâce à toi j'avais mes entrées dans un monde plus vaste. Adaptable, parce que tu m'avais, la première, adoptée. Sans toi, la formule « les enfants bien élevés mangent de tout » n'aurait jamais suffi à me faire avaler une seule bouchée gluante et cartilagineuse de la chèvre cuite avec amour, mais dont la tête coupée, sanguinolente encore sur le sable, me fixait avec ses yeux d'or, par quarante-cinq degrés à l'ombre, en Érythrée, dans la corne de l'Afrique.

Pour être honnête, Hélène, qui y était en reportage avec moi, a mangé aussi de ce plat local... Elle vient de photographier les femmes écuyers du Cadre noir pour un magazine, et m'envoie triomphalement des photos de chevaux qui regardent l'objectif dans les yeux. À preuve, écrit-elle, concluant début décembre une discussion commencée fin janvier, qu'on « attrape » le regard d'un cheval sur une photo. N'empêche qu'on ne voit que les trois quarts de leurs yeux de loin, et la moitié de près ; ils ne les ont pas au milieu de la tête, mais de chaque côté. Ne pinaillons pas. Le regard de Radis Rose était bien sur ma photo, même s'il n'y avait pas tout ses yeux...

Ton regard sera-t-il dans ce livre ? J'aimerais bien. Cette petite lumière qui s'allumait pour moi au premier contact. Juste le temps qu'on se retrouve, qu'on s'amarre. Qu'on déplie entre nous la conversation comme une couverture de pique-nique. Les mots, musique d'ambiance, n'avaient pas grande importance, on avait tant de goût à se voir ! Tu ne m'as jamais livré de ces formules définitives que les vieillards sont censés prononcer ; nous n'avons jamais eu de profonds dialogues métaphysiques où le sens de la vie apparaît soudain, aveuglant. La sagesse universelle peut se brosser de nos révélations. Nous parlions d'enfants, de bestioles, de beaux gars, de feuilletons et de petits plats. On disait des bêtises et même des gros mots. On rigolait.

Mais c'était une illumination à chaque fois, de l'amour en fusion. Un trésor pour toujours.

Qui m'a prévenue en Bretagne ? Un vendredi de janvier 2000 ; tu ne parlais plus ; tu ne reconnaissais personne ; tu ne finirais pas la semaine, tu ne passerais peut-être pas la nuit ; notre excellent médecin de Saumur, qui était devenu le tien, l'avait téléphoné à Laurence ; elle arriverait de Cusset le lendemain. Maman était en route depuis Paris. Je fonçai à Quimper attraper le premier train ; pluie, brouillard et dérapages dans les tournants du Ménez-Hom. Pas grave, plus vite. Je n'étais pas triste ; j'étais furieuse. Tu ne *pouvais* pas *me* faire ça. Te tirer en douce, non mais ! Je n'avais jamais voulu prendre au sérieux tes adieux de diva répétés à la scène ; tu nous avais déjà fait le coup de l'attaque cérébrale, du col du fémur, deux ou trois fois, de la pleurésie, de je ne sais plus trop quoi encore, mais tu étais un phénix qui renaissait chaque fois de ses cendres. C'était impossible, cette histoire, invraisemblable, impensable… Allons, allons !

Et si j'avais tort ?

J'arrivai tard la nuit. Encore plus tard à la maison de retraite avec ma mère. Ta chambre était tout éclairée. Je m'approchai de ton lit ; tu somnolais en pleine lumière, comme si ça n'avait plus d'importance. Je t'ai pris la main et je n'ai pas eu à te parler trop longtemps pour que tu tournes la tête… Tu m'as fait un sourire. Un vrai sourire de toi à moi. J'ai attrapé ton regard. Je te tenais par les yeux comme on se tient par la barbichette. Tu n'allais pas t'en tirer comme ça. Je t'ai taquinée : alors toi, la grande bavarde, tu ne voulais plus ouvrir la margoulette ? C'était un nouveau genre ? Peut-être que tu n'avais rien d'extraordinaire à dire ? Tu avais atteint la grande sagesse bouddhiste, voilà qui serait bien surprenant de ta part !

Tu soupirais d'un air d'impuissance, gentille. Dans le couloir, j'entendais maman donner toutes sortes d'instructions funèbres. Allons, ma Nanie ! Tu étais très fatiguée, me dit-on sur le ton où l'on parle aux enfants obstinés ; il fallait que je te laisse.

Non. Pas comme ça. Sur ton fauteuil, j'ai aperçu le petit chat en peluche noir et blanc que nous t'avions choisi avec Matthieu comme cadeau au dernier Noël. Je te l'apportai, pour qu'il berce ta nuit, contre ta joue. Tu lui avais sûrement donné un nom, à ce chat, tu ne vivais certainement pas avec un chat anonyme, un chat inconnu, ce serait indigne de toi une chose pareille ; tu pourrais au moins me dire comment tu l'avais appelé, quand même ! Ça serait une nouvelle par trop intéressante, ça...

Tu m'as répondu, dans un souffle plein de consonnes :

— P'tit Quinquin.

Je t'ai embrassé la main.

Dans la voiture, en rentrant à la maison, je trompetais : ton chat s'appelait P'tit Quinquin !

Ça venait d'une vieille berceuse du Nord, non ? « Dors, mon p'tit Quinquin, mon p'tit... » En tout cas c'était la preuve que tu m'avais reconnue et parlé, ce bon docteur était un pessimiste invétéré, on le savait bien... Maman me regardait d'un air désolé. P'tit Quinquin ne lui paraissait pas une preuve éclatante de ta santé. Ni de la mienne, d'ailleurs.

Le lendemain, Yves, Laurence et moi nous sommes retrouvés à ton chevet. Depuis combien de temps n'avions-nous pas été tous trois ensemble, comme ça ? Sans dînette ni petites voitures... Tu avais du mal à respirer, ça les inquiétait, tu piquais de petits roupillons, tu ne disais rien, mais tu nous faisais de beaux sourires. Pas des sourires idiots de bébé, de vrais sourires. Et nous n'arrêtions pas de te parler par-dessus la tête, de toute façon. Notre Nanie est comme ci, elle est comme ça, elle aime ci, elle aime ça, et tu te souviens du jour où ? Nous avions tous la même Nanie, mais chacun avait la sienne. Je crois que ça t'a intéressée, à la fin, notre conversation.

C'est là que j'ai appris pour tes péchés de jeunesse. Yves et Laurence en ont plaisanté au-dessus de ton lit. Tu ne m'en avais rien dit. Pourtant, ça avait l'air célèbre, cette histoire. Tu pensais que le bon Dieu ne pourrait jamais te pardonner ces inavouables péchés-là. Tu avais interrogé plusieurs curés sur la question, j'en ai retrouvé depuis la trace dans ton journal, tous t'avaient assuré que si, que sa miséricorde était infinie, mais aucun n'avait réussi à te convaincre plus d'une semaine ou deux. Après, l'inquiétude te reprenait. Laurence et Yves te l'avaient répété encore, tes nièces aussi, sans doute, mais il n'y avait rien à faire, avec ta tête de pioche, et cette obsession les étonnait tous, de la part d'une personne pourtant si croyante, si pieuse, si bonne...

Moi, ça m'a tout de suite rappelé quelqu'un dont le portrait, que je t'avais rapporté d'Espagne il y avait très longtemps, était juste en face de moi, sur le mur de ta chambre, dans son cadre doré ; une personne qu'on ne pouvait accuser de manquer ni de piété ni de foi puisqu'elle recevait des visites du Seigneur soi-même à domicile, ni davantage de science puisqu'elle fut la première femme à recevoir le titre de docteur de l'Église universelle : sainte Thérèse d'Avila. Ta patronne. La *Madre*. Elle était comme toi, pas du tout persuadée que ses péchés de jeunesse lui soient vraiment pardonnés. Malgré ses apparitions, ses extases mystiques et ses confesseurs. Au contraire. Depuis les historiens, les théologiens, et jusqu'aux critiques littéraires s'interrogent sur ces fameux péchés qui hantent son autobiographie, mais dont elle ne donne, bien sûr, aucune description. Avec leurs balances modernes, ils les estiment microscopiques. Ils en plaisantent, comme Laurence et Yves des tiens.

Je fixai d'un œil noir la carmélite dans son

cadre : *Madre*, quand même ! Il serait temps d'intervenir…

À un moment, une infirmière est venue, elle a dit que c'était important que tu boives. On t'a fait prendre une espèce d'orangeasse fadasse et tiède. Berque ! Là, j'ai eu l'inspiration : « Qu'est-ce que tu dirais d'un petit porto ? » Tu t'es passé la main sur l'estomac, comme autrefois, le dimanche, à la maison. Tu n'as pas dit « c'est gouleyant », mais on se comprenait. La faculté m'a autorisé le porto. À ce stade, je lui aurais proposé de te faire sucer des barres d'uranium enrichi, ç'aurait été kif-kif.

Le lendemain dimanche, on célébrait, avec un léger retard liturgique local, la sainte famille. Première lecture : Sarah, à quatre-vingt-dix ans, va avoir un bébé, car « rien n'est impossible à Dieu ». Ensuite saint Paul, encore mieux : « Abraham pensait que Dieu peut aller jusqu'à ressusciter les morts : c'est pourquoi son fils lui fut rendu ; et c'était prophétique. » Prophétique ? Ce n'était pas tombé dans l'oreille à Beethoven ! Fallait pas me dire ça en ce moment ! Puisque Dieu pouvait ressusciter Nanie, qu'il le fasse ! S'il vous plaît.

L'après-midi, quand j'ai apporté le porto, tu dormais. J'ai donné la bouteille à l'infirmière qui a rigolé ; je l'avais versé dans une flasque en verre qui ressemblait à un flacon de médicaments, et j'avais collé dessus une étiquette avec la posologie. Les quantités à absorber et le nombre de fois par jour. Seulement il fallait faire attention parce que j'avais bricolé dessus un bouchon de liège qui n'était pas vraiment étanche. L'infirmière a posé la bouteille debout bien droite sur ta table de nuit et promis de suivre mon ordonnance à la lettre.

Lundi, quand j'arrivai, ton lit était vide. Horreur ! Deux blouses blanches s'agitaient à côté ; et voilà, je m'étais monté le bourrichon ; je croyais aux miracles, à mon âge, ça m'apprendrait…

Les blouses blanches s'écartèrent ; tu étais au milieu, assise dans ton fauteuil, trônant à nouveau, ma Nanie ! On t'avait levée un peu, pas longtemps, mais tu allais mieux. Tu avais trouvé le porto bien bon. On t'en donnerait d'autre, juré ! Tu avais un petit air taquin au milieu de toute cette cour. La *Madre* semblait se marrer dans son cadre doré.

J'annonçai le miracle urbi et orbi, mais on me regardait toujours d'une façon bizarre.

Au bout d'une semaine, il fut pourtant évident que tu avais ressuscité. À la surprise générale, tu avais repris une petite vie tranquille. Tu dormais bien, tu mangeais, tu buvais, et tu causais. D'excellente humeur, paisible. Tu ne te plaignais plus de rien. Laurence rentra à Cusset, maman à Paris, et moi en Bretagne. Yves nous tiendrait au courant. Au moment de partir, le téléphone sonna. Le médecin. J'essayais d'avoir le triomphe modeste avec mon porto, mais… Très gentiment, il m'expliqua qu'il était vraiment très surpris et heureux de ton incroyable état actuel, mais qu'il ne fallait pas me bercer d'illusions, tu étais tout usée à l'intérieur, tu ne passerais pas février. Trois semaines maximum.

J'enfouis le diagnostic de l'optimiste en chef dans la cave la plus lointaine de ma cervelle, et passais des après-midi dans de nombreux petits ports du Finistère à te choisir une flasque de marin, bien étanche mais jolie, pour remplacer mon flacon avec son bouchon boiteux, quelque chose de vraiment bien. De féminin, vous voyez ? Les Bretons avaient un peu de mal à voir, mais je finis par trouver.

La flasque était dans mon sac quand je suis revenue. Dans le coffre de la voiture d'Yves, il y avait une bouteille toute neuve d'un très vieux porto.

On avait l'air malin.

Tu avais de la veine d'être morte, sans ça on t'aurait enguirlandée.

Je t'embrasse bien fort

Noël est passé.

Il n'avait pas encore gelé, et j'ai pu cueillir les dernières roses le lendemain.

Tout le monde *sont* venus, comme tu disais, et nous avons passé grâce à toi un drôle d'après-midi au coin du feu, où je leur ai lu de longs passages de ce livre, qui les inquiétait un peu, je ne sais trop pourquoi. Sans doute parce qu'il risquait de leur mettre le cœur à nu, et que c'est toujours embarrassant. À des moments, tout le monde pleurait.

Maman m'a demandé de couper une seule ligne — concernant Mme Fleury ; une phrase que je trouvais drôle et sympathique, mais qui aurait choqué les anciennes générations. Je l'ai fait. Tu n'aurais pas apprécié que je préfère un bon mot à la fidélité envers des amis morts depuis longtemps. Et c'est ton livre, ce livre, après tout. Tu vois, je deviens comme toi à la maison de retraite : je m'autocensure ! C'est le bouquet.

Le couvreur est venu tailler la barbe de la maison ; la vigne vierge, rase et noire sur ses joues blanches, lui donne un air de flambeur au petit matin, qui aurait claqué toute sa fortune au casino.

L'élagueur a fait les ongles des arbres, et les tilleuls, les doigts tout rongés, font mal à voir.

Les murs frissonnent, à chaque camion sur la route.

On va repeindre les chambres du second ; bientôt, il y aura autant de bruit ici qu'à Paris l'année dernière.

Le vétérinaire vient de vacciner Jaja et, en souvenir de Kila, Raudi, Sandy, Cannelle, Pamina, Papageno, Radis Rose, etc., m'a fait moitié prix en m'embrassant. Notre bon docteur envoie des photos de ses enfants à sa nounou, qu'il a tant fait enrager et qui vit toujours quelque part en Vendée…

Il va être temps de partir.

Cette histoire se termine, et je n'arrive pas à la quitter.

Je n'arrive pas à te quitter.

Je voudrais encore te raconter l'histoire du plâtrier, frère de l'apprenti qui refit autrefois la bibliothèque, et dont le patron sifflait comme un merle…

...

Nous sommes le 19 janvier 2003 et je voudrais surtout que tu ressuscites encore une fois.
S'il te plaît !

DU MÊME AUTEUR

Aux Éditions Gallimard

L'ANGE ET LE RÉSERVOIR DE LIQUIDE À FREINS, 1994 (« Série Noire », *n° 2342* ; « Folio Policier », *n° 6*).

PAPA EST AU PANTHÉON, 2001 (« Folio », *n° 3819*).

MA NANIE, 2003. Prix Terre de France 2003 (« Folio », *n° 4217*).

Chez NiL Éditions

ARCHIVES DES ANGES, 1998 (« Folio », *n° 3355*).

Composition Imprimerie Floch.
Impression Firmin-Didot
à Mesnil-sur-l'Estrée, le 3 mai 2005.
Dépôt légal : mai 2005.
Numéro d'imprimeur : 73701.

ISBN : 2-07-030809-X/Imprimé en France.